Das leere Blatt als höchste Form der
Vollendung. Das Fragment als eigen-
ständige Kunstgattung. Der gemalte
Buchstabe als Quell der Heiterkeit.
Im Anhang dazu: Sprunghaftigkeit als
Gedankengut. Und Kumpanien, Be-
schreibung eines Landes voll herber
Reize.

ICHWEIßICHWARKE INWILDERHUND

VON
DIETER LUDWIG

Meinem alten Weggefährten

Rudolf P.

Impressum

copyright by Dieter Ludwig 2006
Herstellung und Verlag:
Books on Demand GmbH Norderstedt
ISBN-10: 3-8334-6257-4
ISBN-13: 978-3-8334-6257-3

Vorwort des Autors

*Die in „ICHWEIßICHWARKEINWILDERHUND"
vorliegenden Texte sind –soweit ich sie aufstöbern
konnte- ab etwa Mitte der 70er bis in die 80er Jahre
hinein entstanden. Sie beschreiben eine Zeit, in der es
mir vor allem um Witz, Poesie und spontane Ideen
gegangen ist.
So sehr ich mich mit den wieder gefundenen Zeilen
identifiziere, reicht doch der auffindbare Inhalt nicht,
um als Bändchen für sich alleine Bestand zu haben.*

*Daher habe ich als Anhang 1 meine „Gedankensprün-
ge", eine Sammlung von kurz pointierten Beobachtun-
gen und Polemiken beigefügt, denen, blieben sie für sich
alleine gestellt, ein ähnliches Schicksal beschieden sein
würde. Der Schwerpunkt dieser Texte liegt in den 90er
Jahren.*

*Anhang 2, meine Betrachtungen über das ferne und
doch so nahe Land Kumpanien, mit dem ich mich wohl
für den Rest meines Lebens in vielerlei Formen ausein-
andersetzen werde, ist schließlich auch nicht geeignet,
als große Abendunterhaltung durchzugehen.*

*Wenn ich mich mit Anhang 1 und Anhang 2 auch der
Gefahr aussetze, den ersten Teil zu relativieren,
entstand dafür ein Lesebüchlein, in dem man ein wenig
blättern und –so hoffe ich- auch schmunzeln kann.*

Juli 2006

INHALT

ICHWEIßICHWARKEINWILDERHUND

Das leere Blatt Papier
(bitte umblättern)

Nachmittag, sonnentrunken

Ich glaube an das Unaussprechliche, an das Nicht-
Vorhandene und an das Unmögliche zwischen Anfang
und Ende. Die Realität ist frei erfunden. Wer sagt,
dass es die Lüge gibt, der lügt. Der morgige Tag bringt
die Vergangenheit. Gestern waren wir alt, heute sind
wir Kinder. Ein paar Leute sind gestorben, glaubt
ihnen nicht! Sie haben nie gelebt, sie simulierten nur.
Alles, was nicht geschehen ist, findet statt. Die Welt
kann nicht am Kopf stehen, denn sie hat keinen. Der
Widerspruch besteht in sich selbst.
Ich hebe mein Glas und überlege ernsthaft, ob ich
nicht zu den Enten ins Wasser steigen soll. Mein Blick
wandert über den leeren Gastgarten des Hotel du Lac.
Kauende Gesichter sehen mich durch die schmutzigen
Speisesaalfenster an.
Diesen Moment sollte man nützen, kein Entenbad, ein
echtes und aufwendiges Wunder will ich Euch
machen; mit Neptuns Dreizack, einen umgehängten
Algenbart und sieben rundbrüstigen Seejungfern!
Leere Gartenstühle unter Kastanien im milden Rot
durch ein Glas Dole besehen. Der Vierwaldstättersee
schickt mir ein paar Wellen, sie schmatzen und
schlecken an den Betonwänden.
Geradeaus, an der Schiffstation, füttern ein paar Leute
die Enten. Brotrinden fallen ins Wasser. Ich frage

mich, wie lange man eine Ente füttern kann, bis sie
untergeht.
Ein Stück weiter hat ein Mann mit seiner neuen Angel
einen lächerlich kleinen Fisch gefangen, etwa von der
doppelten Größe des Köders. In hohem Bogen fliegt ein
silbriges Etwas ins Wasser zurück.
Die Leute von der Schiffstation haben mittlerweile ihr
Äußeres vollkommen gewechselt. Ich sehe nur, dass
die Enten noch immer gefüttert werden und immer
noch schwimmen.

Sonnenstrahlen brechen durch den Nebel, eine
langsame Sekunde zieht vorbei und verliert sich in den
Bergen. Die Größe liegt in der Stille der Bewegung. Die
Handlung wird rückwirkend aufgelöst und bildet
Atmosphäre. Jenseits liegt das Land der freudigen
Erwartung. Von den Bergen, auf denen der Schnee
dampft, kann man es erahnen. Sanftes Wiegen und
Gleiten, Vereinigung zu einer frohen Empfindung,
deren Ende der letzte Punkt des Kreises ist.

Einreichung für den Mistelbacher Literaturpreis

I.
Die fruehlingssonne glänzt
auf den dächern, die wie
aufgeplusterte Tauben gurren,
während mir die eiseskälte
durch den geöffneten hemd-
kragen entwich...

II.
3 mal 7 Jahre tritt die
Pendeluhr
auf der Stelle
auf welcher der regel-
mäßige Gong seinen
Schall
hinterlässt...

III.
Und frage
keinen,
wo er sein
bein
gelassen hat,
wenn er auf dreien
DAHERKOMMT.

IV. gleich einer krähenden
K R Ä H E
kräht der

kas
in der kredenz...

V. stop, o gorgonzola, du feuriger, du machst mir
    scharfstop –

VI.
auf
dem   spiegelglatten eis
     hob der
     eisbär sein
                    eisbein
     und...
     rutschte
     AUS!

VII. Dann hauchte sie ihm ein hedwigcourthsmahler-
     bussi auf die wange, während der livreediener das
     brutzelfleisch seines vorgängers auf einer silber-
     platte im scheine zweier erlesener kerzenlichter
     tranchierte.

Excurse

Erregt lauschte er ihrer elektrisch verzerrten Telefon-
stimme, die ihr Kommen innerhalb der nächsten Mi-
nuten ankündigte.
Indem es sehr still wurde, lehnte er sich weit zurück
und ganz langsam breitete sich ein prickelnder Schau-
der von seinem Unterschenkel die Rundungen des
Gesäßes den Rücken aufwärts aus, bis er zuletzt im
Nacken in gekräuselten Wellen zusammenströmte.
So bemerkte er auch nicht die riesige Hand, die sich
langsam aus der Mauer hervorschob, um ihn mit sich
zu ziehen.

Der hungrige Wolf mit seinen gelben Zähnen
trottet durch den rostigen Eisenwald, in dem die
Großmutter wohnt.
Im Waldcafè werden die Zeitungen auf die Holztische
geschnitzt. Bierschaum tropft auf das feuchte Moos der
Wirtin. Ein spitzer Schrei beendet den stillen Frieden.
Der Wolf hat Blut geleckt.

Der Morgen dämmert. Das Gewehr in der Hand, schleicht der Oberförster durch das Vorzimmer. In der Küche angekommen, packt er die Speckbrote, die ihm seine Frau des Abends vorher fürsorglich vorbereitet hatte, in den Rucksack.

Vor dem Haus ist es frisch und kühl. Der Tau hat alles jung gemacht. Mit einem Mal brechen die ersten Sonnenstrahlen über den Waldrücken herein; ein Hase hoppelt gemütlich über die Wiese.

Da wendet sich der Waidmann um. Spähenden Auges, leise und gebückt kehrt er in sein Haus zurück, wo er den Kugelstutzen in den Mund seiner schnarchenden Gattin entlädt. Hierauf drückt er ihr sein Fangmesser zwischen die Rippen.

Mit einem Kolbenschlag macht er den Hund, der im Vorzimmer aufgeregt an ihm hochspringen wollte, den Garaus.

Dann geht er in die Küche, wo er die Speckbrote aufisst. Pirschen macht hungrig.

Inmitten des Waldes ist eine Stelle, wo kein Wald
ist.
Das ist der Einschichthof des Bauern, an dem ein
Bach vorbeirinnt, der den Namen des Waldes
trägt. Suchende, Verirrte und Müßiggänger
nennen ihn den Waldbach.
Vor dem Haus sägt der Bauer Holz für den Ofen.
Er hat Knickerbocker an. Das ist eine wichtige
und gefährliche Arbeit, denn der Arzt kommt nur,
wenn man tot ist.
Die Frau des Bauern steht vor dem rußigen
Küchenherd. sie kennt nur einen erwachsenen
Mann, denn der Bauer haut jedem Fremden die
Hacke in den Kopf. An ihren Vater will sie sich
nicht mehr erinnern, und ihre Mutter war
dieselbe, die der Bauer auch hatte.
Die Kinder sind gesund und stark. Wenn sie
nicht für die Mutter nach Beeren und Pilzen
suchen müssen, spielen sie mit den Rehen und
Hasen. Sie verstehen die Sprache der Tiere und
haben ein hübsches Fell.

<u>Fidelis, ein Schelm</u>
(Das vollständige Fragment)

Fidelis erwacht im Traum und nimmt sich wahr.
Wo sich die Materie verdichtet, entsteht Gewicht:
Das Bett knarrt.
Sein nach alt-isländischer Sitte ungeschnittener,
4cm langer linker Zehennagel kratzt sündig am
Inlett der Bettdecke.
Ein morgendlicher Furz löst sich nur zögernd aus
den Häuten. Es ballt sich die Bettdecke, die
durch das geöffnete Fenster vorbei am grünen
Baum mit dem bunten Vogel entweicht. Eine
Schönwetterwolke zieht über den Himmel.

Die Heimat des Menschen ist sein Bett: Hier zählt
noch die echte menschliche Wärme.
Ein Lügner müsste sich sofort verraten.
Danach widmet er sich Dingen, die nicht so
einfach überprüfbar sind:
Stimmt es, dass der homo sapiens mit jedem Tag
das Gehen neu erlernt?

Wenn ja, dann wozu?
Man könnte schließlich die Merkfähigkeit
trainieren.

Oder im Stehen schlafen.

Wer kann Fidelis garantieren, dass er hier und
jetzt und sofort aufstehen kann?
Wie aber, wenn alles bloß eine Frage der
Überzeugung ist?
Darf man überhaupt?
Man soll.
Still!
Denken ist ein nach innen gerichteter Vorgang,
gewissermaßen ein Phänomen des Geistes.
Wie bitte?
Oh ja.
Die Augen zu und ganz ruhig: Es darf gedacht
werden.
Also: Man kann nur ans Denken denken.
Folglich: Eines setzt das andere voraus.
Und umgekehrt?
Ein weiteres Beispiel: Man kann nur im Schlaf
schlafen.
Fidelis liegt mit einem Male hellwach im Bett.
Er überlegt heftig: Schlafen oder denken? Rasch!
Angestrengt denkt er nach. Also hat er sich
entschieden.

Weiters: Worin liegt der Sinn der Bewegung?
(zum Beispiel, im nächsten Moment aufzustehen)
Anstrengung ist da, um vermieden zu werden.
Fidelis sucht nach Orientierung.
Was aber sagt ein Hinweis wie „SCHEIBBS 23
km" tatsächlich aus?
Ist es nicht ein Irrtum, ihm zu vertrauen?
Weshalb kommt man auf die Annahme, den Ort
Scheibbs erst nach 23 km zu vermuten?
Wegweiser sind nicht überprüfbare
Behauptungen.

Zuvor müsste jemand tatsächlich nach Scheibbs
gekommen sein.
Durch den Wegweiser ist Scheibbs ein Begriff,
aber inwieweit ist es Realität?
Wenn nach 23 km ein völlig unbekannter Ort
käme?
Wie denken die Scheibbser darüber, und sind sie
kompetent?

Wenn Scheibbs nun doch Scheibbs wäre, trägt es
dann seinen Namen zu Recht? Welchen Grund
hat Scheibbs?
Gibt es überhaupt einen echten Scheibbser? (Den
Bürgermeister inbegriffen)
Fidelis kommt zu dem Ergebnis:
Scheibbs ist eine Hypothese. Ein Druckfehler ist
eine Interpretation. Ein Wegweiser ist eine
Irreführung.

Aufstehen oder liegenbleiben?
Fidelis wehrt sich mit aller Kunst und Regel.
Härte ist die Tugend der Geschwächten, sie
macht bauchige Primadonnen labyrinthisch
aggressiv.
Am Boden liegen zwei gleich aussehende Socken,
Marke „Bacchanal" mit dehnbarem Gummizug.
`Wenn nur meine Legionen aufmarschieren´, rief
Cäsar, ein lippenschäumendes Glas in der Hand.
Vergraben und Vergessen, Fidelis findet sich am
WC wieder.
Merke: Ein Drang legitimiert.

Das Waschbecken schwankt an der Wand. Fidelis
bemüht, sich es ein wenig festzuhalten. Dann
tastet er mit einer Hand zum Wasserhahn und im
nächsten Augenblick prasselt ein Furioso un-

zähliger Tropfen los, Gesicht, Hals und Nacken
benetzend.
Der Tag ist da.

+++

Auf dem Weg ins Lebensmittelgeschäft begegnet
Fidelis dem Mädchen, dem gestern die
Nachbarsbuben in die Bluse gegriffen haben. Er
hatte vom Toilettenfenster aus zugesehen.
Sie geht noch zur Schule und hat eine kleine,
spitze Brust. Heute hat sie einen Pullover an.
Die Frau im Laden ist rechtschaffen und dick. Sie
schneidet zehn Dekagramm Schinkenwurst in
zwei Semmeln. Dann kommt ein feuchtknackiges
Essiggurkerl dazu. Sie kennt ihre Kunden.
Fidelis ist sehr zerstreut. Er ist von einer Unrast
befallen, als ob er etwas Wichtiges vergessen
hätte.

Wenn die Kinder von der Schule kommen,
winken sie schon von weitem mit den Taschen.
Die Herren Lehrer schmunzeln unter ihren
Nylonbärten.
Es ist ein gütiges Lächeln.
Wir verbessern einen Tag und sind alle sehr
glücklich.

Links weiter vorne ist Stehparty beim
Würstelfritz.
Sekt wird in Häuten gereicht. Wer zu fest
hineinbeißt, spritzt dem Nachbarn auf die Fliege.
Drei englische Tschentlmän haben sich für alle
Zeit mit ihren Regenschirmen ineinander verkeilt,
die Polizei regelt machtlos den Umweg.

24

Unter der nahen Brücke grölt ein verlassener
Bobby ein altes Soldatenlied.
Von der Traverse Numero 73/4/c tröpfelt Urin zu
einer ovalen, zittrigen Pfütze. Eine wellenreitende
Lord Extra löst sich in Wohlgefallen auf.
Beim Fritz wird eine neue Runde bestellt.
Marie, eine internationale Messehure, hat sich in
die Stechuhr eines Nachtwächters verbissen.
Auf einem Stahlgerüst turnt ein Chirurg. Der
Wind hebt seinen Kaftan, unter dem zwei
gelbflaumige Spiralbeine sichtbar werden.
Aus der Ferne nähert sich das Abschiedswinken
der Leopoldine H. Die Ampel springt von Rot auf
Blau.

Fidelis beeilt sich in den Park.
Er hat großen Hunger und muss sich mit einer
Hand an der Mauer abstützen.

Frau Ernst fällt vor einem Gemüsestand in
Ohnmacht, ihre Kaisersemmeln tröpfeln aus der
Einkaufstasche.
Fidelis schwindelt stark.
Höchste Zeit, das Frühstück einzunehmen.
Erzbischof Kasimir VII. fliegt auf einer
Auspuffwolke in den Wienerwald.
Fidelis vertraut nicht mehr auf seine Augen. Die
Kanalgitter klappern mit den Zähnen.
Daneben im Gras liegt die Marzipantote von
vorgestern.

Schon erreicht Fidelis die rettende Parkbank.
Seine Kiefer beginnen ein Stück der Schinken-
wurstsemmel zu zermalen. Spatzen und Tauben
haben sich zu einer Bittprozession versammelt.

Eine schwarzberockte Frau wird von der
Versammlung angelockt. Sie hat krumme Waden
und stützt sich auf einen Stock.
Fidelis´ fortgesetzte Kaubewegungen bieten die
Gelegenheit, sich leer zu reden.

Die Wohnung der Alten ist löchrig und zerfranst.
Während sie im Wohnzimmer mit einer dicken
Katze spricht, findet Fidelis in der
Küchenkredenz das Papiergeld. Er zählt
zweitausend Sesterzen Sterbegeld ab, die er
wieder ins Kaffeehäferl zurücksteckt.
Dann streichelt er die dicke Katze noch ein wenig
und geht, ohne vom Teegebäck gekostet zu
haben.

STRASSENBAHNFAHRT

Bim bim tüt. flieg. hast. quetsch.
drängel drängel. bim bim knirsch. zwick.
popodrück. warm. reip.
grusel.
fettkopf. strähnhaar schuppen dada.
mundstink dort.
Tb-keuchnieß fies-a-fies.
bimbimbimknirschquietsch. gummijaul.
beutel. rempel. schwirr. greif
schreckflatterscheuch.
steh.
bimbimbimbim!!!
„gsissena wauwau!" „dummseislöchel!"
ruck.
ruck. Bim. Zuck.
rolper, brum&dröhn.
pampel steh.
stil sto.
gloz. wart. rot.
snupper snupper! sau links sau rechts, sau grad:
stink?
sicht links saut grad. sicht rechts saut grad.
snupper: stink!!!
(furzvon obi, schpinad&apfelmüsli)
keuch. luftanhalt. zen sekund.
Snupper: stink! stinkärger!!!

keuch. luftanhalt. blau.
bimbimsteh. stad.
ruckel. drängel. türel! türel auf türel zu un
quetsch.
taschel mitzieh. türel auf. stolper straß. luft un
luft hol. Steh.
steh un glotz.
steh un wart bimbim.

Austrian Hardcore

<u>10.Szene</u>
(Felsige Landschaft. Fridolin liegt am Boden. In einiger Entfernung das Landmädel Rosa im Dirndl und mit Zöpfen. Sie weint vor sich hin)
<u>Fridolin:</u> *(Reibt sich die Augen)*
Hab´ ich geschlafen oder geträumt? Mein Gott, wo bin ich?
(greift sich an den Bauch)
Meinem Hunger nach zu schließen, ist es Viertel vor Elf.
Was ist das? Ein Brief! Von meiner Großmutter! Dann hab´ ich doch nicht geträumt. Wenn ich mich nur erinnern könnt! Seitdem mir dieser Kerl was zum Trinken gegeben hat, ist in mir alles wie ausgelöscht. Mein Ränzel hab´ ich auch verloren, das wär´ nicht so arg, es war eh nur Schmutzwäsch´ drinnen.
Und dieses Licht hier! Überall und nirgends ist es. Na, das ist eine Gegend. Hier möcht´ ich nicht begraben sein, meiner Treu! Felsen und nicht ein Grashalm weit und breit.
(erblickt Rosa)
Eine Frauensperson? Hier? Sieht aber recht anständig aus... Warum weint sie nur? Ich muss sie auf der Stelle trösten, obwohl mir selbst mehr nach Weinen zumute ist. Zu zweit geweint ist weniger arg wie einsam geweint.
Hallo!
(sie rührt sich nicht)

Ein hübsches Mädel. So eine wäre schon die
Rechte für mich.
Hallo!
(beiseite:)
Wenn ich sie nicht auf der Stelle ansprechen tu,
trau ich mich nicht heut mehr. Ich werd mich ihr
vorstellen...
(streicht über sein Gewand)
...nein, es muss etwas Besonderes sein...
(geht langsam auf sie zu)
Guten Tag.
(räuspert sich)
Wie spät ist es? Wo bin ich?
<u>Rosa:</u>
-----?
<u>Fridolin:</u>
Wie spät?
<u>Rosa:</u>
------?
<u>Fridolin:</u>
Welche Uhrzeit? Und: Wo sind wir?
<u>Rosa:</u>
------?
<u>Fridolin:</u>
Mir scheint, sie weiß gar nicht was das ist.
(verzückt)
So unschuldig ist sie! Ein Bussel möcht ich ihr
geben! Da sag´ einer, es gäb´ heutzutag keine
anständigen Menschen mehr!
(wieder zu ihr gewandt)
Ich bin der Fridolin.
<u>Rosa:</u>
(nickt langsam)
Ich weiß.
<u>Fridolin:</u>
(freut sich)

Sie weiß es!!! So unschuldig und so g´scheit!
(ins Publikum)
Ich glaub´, heut´ verlieb´ ich mich!
(wieder zu ihr)
Wie ist der werte Nam´?
Rosa:
Rosa.
Fridolin:
Rosa...!
(beiseite)
Jetzt ist´s passiert. Ich hab mich verliebt.
(verzückt)
Hrrrrrmh......ein Bussel....ein Bussel und noch
ein Bussel könnt´ ich ihr geben!
Rosa:
Was hat er? Ist ihm kalt?
Fridolin:
Ja, heiß und kalt rinnts mir den Rücken rauf
und runter. Nein, dass es so etwas gibt! Ich hab
mich angesteckt mit einem lebenslänglichen
Fieber, das kein Arzt dieser Welt zu kurieren
vermag. Gott Amor hat mich g´troffen, mit einem
sauberen Blattschuss. Und wenn man mich
zerstückeln und transplantieren tät´, ein jedes
Trumm schlagert einzeln für
sie....Rosa!.....formosa!
(zappelt)
Ich halt´s nimmer aus. Sonst trifft mich der
Schlag!
Rosa:
Er ist ja krank!
Fridolin:
Krank und gesund in einem! So viel ist´s, dass
schon wieder nix ist...!
(geht auf die Seite)

Ich muss mich zurückhalten. Wenn Sie was
merkt, verschreck ich sie vielleicht! Ahh! Tief
Luft holen.....und wieder ausatmen.
(zu ihr zurück)
Rosa, sag sie mir eines: Wo sind wir? Und wie
kommen wir auf schnellem Weg von hier weg?
(beiseite)
Sobald wir unter Menschen sind, heirat´ ich sie
auf der Stelle.
Rosa:
Von hier gibt´s kein Zurück. Viele sind schon
vorbei gekommen und ein Jeder ist da geblieben.
Keinen hab´ ich von hier noch fortgehen gesehen.
Es ist ja so traurig...
(weint)
Fridolin:
(umarmt sie, ohne sie zu berühren)
Aber Roserl, liebs Roserl, nicht weinen, bitte
nicht..... *(schnupft auf)*
Bitte nicht so überzeugend!
Sag´ sie es mir, wo sind ihre Eltern?
Rosa:
Hab´ ich keine. Ich bin ein wegg´legtes Kind, da
hat mich die böse Tant´ zu sich genommen und
seitdem muss ich ihr zu Diensten sein...
Fridolin:
Eine Tant?.... Jetzt erinner´ ich mich wieder.
Wart´, der werd´ ich´s zeigen!
Rosa:
Wenn sie mich mit ihm erwischt, krieg ich
Schläg´ und drei Tag nix zum Essen....
(schnupft)
Und ich fürcht mich so vor ihr!
Fridolin:
Verlass´ sie sich nur auf den Fridolin, der weiß
Rat...!

<u>Abendlicher Höhepunkt</u>

Schlack. um. rülps. streck streck un gähn.
lefzo wischwisch.
flimmflaum. gutram görlich tralli.
fistelschmeichla, hoppi popsi
abrantu lawa trän.
kanon rata-rata-rumps.
pfütz. lach. tropf.
kanon bums.
streck. knirsch. gluck. killis kips.
steckerl. h-ringerl. t-ringerl.
frustel. fröstel. rostel.
stakkato.
trobilotä aliqualia rödel. pimmel.
fistelschmeichla, hoppi popsi.
grunz. furz. schnarch.
...bundeshammer, fana wedel.
singsong tralala berg un ström.
schnell häusl wasserstrick un
federtuchentpolsterzipf.

Theorie

Kräusellipel, schrägelstirn
kröpfel zück.
Zeitungsraschel, Moccatassel kling,
popwetz stuhliknarr,
poprück link back,
rederumps, rederück.
überleg.
sön. bildsön.
büchelblätter. still. denk. grübel.
kicherkicher. sweinis.
kräusel. sön.
grübel pro. grübel kontra.
still. sinnier.
sön. söner. bildsön.
blätterum. nächste seit. wörtel pro. wörtel kontra.
sätzel pro. formuliertl pro. argumentl pro.
sinnier.
köpfelkratz.
poprück rechte back.
griffel büchel links.
lichtel auf, lichtel zu.
sinnier un grübel un denk.
griffel büchel rechts.
lichtel auf, lichtel zu
zwitscherschluck
popwetz zweiback er.
kräusellippel, schrägelstirn
usw.usf.

**ungeschminnkter dramattischer bericht von
der schlacht zu Solingen-Wielandswiesen,
dargestellt in einem kurzen aufzuge
vermittelst einiger blutrünstiger
szenen, welche das gescheh=
nis dem hochverstän=
digen p.t.publico auf das
anschaulichste vermitteln sollen.**

*Geschrieben und ordentlich ins teutsch gebracht
von einem allezeit fröhlichen poet, der sich
hiemitten seine reverenz den hohen herren dieser
Welt zu machen gestattet.
Anno domini MDCXXXXVI in den prechttigsten
Frühlingstagen.
Verfasser desselben werckkes ist ein wiener
studentlein, bewandert in den wissenschafften
und schönen künstten, von seinem allguten
Lehensvattern zur glorreichen universitas
geschikket, um was rechts zu werden, mitnamen
        ludwig dieter hermann von englbach
derselbst sich erhoffet, die güttige
auffmerksamkeit des geneigten Lesers zu
erwekken.*

An dieser stell sei dem neugierichten leser eins
verraten: zu wielandswiesen begrigten einander
zwey muthige heere in wechselseytigem Verlauf
des fünfthletzten octobertages zu Sanctus
Frumentius AD.MHIILXK, wobey des morgens vill
nebel über den wiesen lag, danach die sonn´ eyn
wenicht hervorlugte, letztendlich die frühe
dämmrung dem gemetzel ein end´ bereitete.
zum behufe der wiewoll wahrhaftn wie richtigen
gestaltung des dramas wars dem schreiber dieser
gelungnen zeilen nicht ermöglicht, eine szen´ zu
spielen lassen, in welcher die wichtige roll des
nebels zur geltung kommet, wies bey der
aufstellung beyder heer den quellen zu
entnehmen ist. Dahero nehme man eyn großes
linnen tuch, welches von zwey mann gehalten,
oftmals über den Schauplatz hin und her
getragen werd, dermaszen, dass es zwischen die
zuschauer und die darsteller vorüberwandere,
wie nebelwolken.
Solches fürderhin in dem Drama als kleinwenig
Schwächung durchgehn wird, welche vermittels
dem fleissigsten eifer der schausteller wie der
darsteller als landsknecht wettzumachen
erheischt, so es dem verfasser erscheinet. Itzo:

<u>**Erster und letzter auffzug
in eynem**</u>

<u>**Erste szen:**</u>

Prechttige wälder und wiesen, mild und fruchtbares feld mit vill sonnenschin. Inmitten der bühnen sitzet ein bunter waldvogel, welcher sein lidchen dem versammelten publico entgegenschnettert. auf einem angesengten eichenbaum hält sich ein frommer eremit vestecket, aus angst vor dem auf und abschwellenden getös der waffen. So es dem geneigten manne geziemt, welcher obiges Stück inszenieret, sei es ihm frei gestellt ob er bisweilen ein paar landsknecht über die bühnen rennen lässt, wobei selbige dazu angehalten seind, mit ihren waffen aufs grauslichst zu rumoren.

Der eremit schlaget feste in die saitten und singet:

> „Wem zeit ist ewigkeit,
> und ewigkeit wie die zeit
> der ist befreit
> von allem streit"

Eyn junges weib schikket sich an, über das
szenario zu eilen, wo bei ihr zerissen kleid
fröhlich im wind flattre. Eyn landsknecht
erfreutet sich an ihrem anblick dero maszen,
dass er sie hurtig anfasset und an sich drücket,
obschon sie sich aufs heftigste sträubet.
Solchermaß entwickle sich ein neckisch hin und
her gerenn, welches der lieb allenorts
voranzugehen pflegt.
Der eremit folget dem getändel mit vergnügen,
welches unter heftig geschnauff vor sich gehet.
Do ergreiffet des landsknecht das mägdlein gar
arg, als ob er ihrer nimmer lassen möge. Die rufet
ihrerseits mit allerletzter kraft zu hilf, wies einer
teutschen jungfrau nach altem brauch und recht
geziemt.
In selbigen augenblicke muess gesagt seyn, dass
unser eremit´ eyn wenig aus seiner roll fallet,
indem der dem hochverehrten publico aufs
anzüglichste zuzwinkere und aller schlüpfrichte
gesten tuet, für welche dem verfasser kein wort
gegeben sind.
Solcherlei aber rechtens wird durch einen
zweytten
landsknecht unterbrochen, der ersterem mit
einem messer den rücken durchbohret und das
am boden liegende mägdelein atemlos findet,
worauf er die letzten zwey knöpf ihres kleidleins
aufknüpfet und so tun, als ob er durch allerlei
gekos´ ihr das leben wiederzugeben möcht.
Selbiges aber zu misslingen scheinet, zumalen
sich der landsknecht wie zufällig gänzlich über

das mägdlein leget, worauf sich dem zuschauer
nach und nach die gewissheit durchringet, dass
letzterer nur das fortsetzet, was erstrer begonnen
und mit dem leben gezahlt.

<u>Zum dritten.</u>

Nunmehr hat sich das schlagen der schwerter
aufs hefftigst genähert, dass man glauben kunnt,
das scharmützieren tät´ gleich hinter der bühnen
geschehn. Selbiger eindruck wird noch vermehrt,
indem alle augenblick eine hand, ein kopf oder
auch ein halber, manchmal sogar ein ganzer fuss
auf die bühnen kullert wobei der verfasser den
impressario inständigst bittet, mit dem roten saft
recht groszügig umzugehn, damit dem publiko
viel pläsier geboten möcht sein.
Als nächst ein ganzer Mann mit einer lanzen im
bauch stolpere sich unter dem baum des eremit
zu tode. Selbige Vorkommniss mehren sich und
dauern noch an.

<u>Zur vierten szen:</u>

Eben daselbst. Eyn rittersmann in einer glänzend
rüstung auf eynem streitross. Nebstbei eyn altes
weib mit eynem kinde auf dem arm, welches nach

dem thiere langet. Das ross scchnaubet gar sehr und schüttelt sein haupt.

<u>Der reitersmann auf seinem pferde:</u>
„Eilet ihr fraue! Kömmt ihr einmal in das ungesthüme ringen beider heere, so ists um euch dahin. Danach gibt es kein halten mehr, so flüchtet euch zur rechten zeit!"

<u>Das kind auf dem arme des alten weibes:</u>
„Ei was für ein nobler mann. Wieviel eisen er mit sich trägt!"

<u>Das alte weib mit dem kinde:</u>
„Oh habt erbarmen mit uns einfachem Volk!"

Der reitersmann auf seinem pferde:
„Ist das dein kind?"

<u>Das alte weib mit dem kinde:</u>
„Nein, edler herr. Mein schoss ist lange schon verdorrt. Ein findelkind ists, das seine eltern im gewirr der zeit verloren haben. Nehmet euch unsrer an, der herr solls euch lohnen tausendfach."

<u>Der reitersmann auf seinem pferde:</u>
„Ich hört die Losung rufen, die schlacht hebt an, mir nach...!"

<u>Das alte weib mit dem kinde:</u>
„So haltet ein um Christi willen. Ich seh, was für ein fürnehmer man ihr seid, in eurer macht stehts, uns zu retten!"

<u>der reitersman auf seinem pferde:</u>
„Mich darfs nicht kümmern, trag ich die verantwortung für mein gut und mein volk, an die vielzahl tüchtger handwerksleut, der bauern, die beharrlich ackern um acker bestellen....Das ist ein geheilicht ding, worum ich mich zum kampfe rüst.

So spornet der reiter sein rösslein an, vermittelst dessen er die alte frau mit dem kinde über den

hauffen reitet, auf dass beyde ordentlich unter
die hufe geraten, dass sie gut daran tun sich
nimmer zu rühren.

<u>Der fünften szen</u>

Die sonnen streifet schon den waldrücken und
rolle noch ein wenig die tannenspitzen entlang
bevor sie sich in den untergang schikket. Einige
fähnlein streiter, welche sich nimmer rühren
vermöchten, seind recht hoch gehäuft und wenn
der oberst noch seine hand heben kunnt, er das
geäst des baumes ergreifen tät.

<u>1.Recke</u> (welcher über und über besudelt mit
rotem blut):
„Es ward ein gar arges köpfen heut. Gut tat ich
daran, mein harnisch mit dem wundersamen
wasser zu St.Lambrecht zu netzen.“
<u>2.Recke</u>:
„Wo liegt dein könig?“
<u>1.Recke</u> (ergriffen):
„Dort in dem menschenhügel, obenauf. Ein
wurflanz traf ihn durch den hals, da tat ers nicht
mehr lang.“
<u>2.Recke</u> (ehrfürchtig in die knie):
„Möcht er die ewge ruh heut noch finden.“
<u>1.Recke</u>:
„Wahrhaftig, es sei so wie du sagst.“
(Ein gefällter streiter erhebt sich und kömmt mit
gezognem schwerte auf den 2.recken zu, vor
dessen füss er zuletzt entseelt niedersinkt.)
<u>2.Recke</u>:

„In ewigkeit amen.“
<u>1.Recke</u> (zieht sein schwert)
„Wohlan, lasst uns die entscheidung suchen.“
<u>2.Recke:</u> (ziehet detto)
„So sei es.“
<u>1.+2. Recke</u> (sinken in die Knie und beten):
„Alle heiligen fürsprecher, wir bitten dich um
unser ewig seeligkeit willen und um vergebung,
wo wir schuld und sündhaft getan.“
<u>1.Recke:</u>
„Dein parol?“
<u>2.Recke:</u>
„Der frieden mit uns!“
<u>1.Recke:</u>
„Der ehr und der treu!“
(Darob sie sich entzweiet und mit dem schwerten
anheben)
<u>1.Recke:</u>
„Dieser streich ist für meinen guten könig.“
<u>2.Recke:</u>
„Und meiner für mein getötet weib!“
<u>1.Recke:</u>
„Das für mein gebrandschatzt land!“
<u>2.Recke:</u>
„Für mein vertrieben volk!“
<u>1.Recke</u> (treibt seine klinge in des anderen hüfte)
„Für unser ehr!“
<u>2.Recke</u> (trifft den andern):
„Für mein gemordet söhnlein.“
(und indem er ebenihn köpfet, rufet er dazu)
„Sei also jetzt gerächt!“
(1.Recke stirbt ritterlich)
Aus der fern erschallet der ton eines hifthornes,
nach dessen zeichen eine schar kühner streiter
das schlachtfeldes betritt.
<u>Anführer</u> (zum 2.Recken gewendet):

„Heil dir, wackrer kämpfer! Sag uns die taten
deiner tapferkeit und deines muthes! Ein
fährmann weigert sich uns, frühmorgens
überzusetzen. Bis zur vesperzeit mühten wir uns
redlich ab, ihn zu prügeln, bis er uns endlich zu
willen war. Seid ihr allenfalls des kaisers oder des
königs gefolg?
2.Recke:
„Des allmächtig kaisers seiner tafel siebter
mundschenk steht vor euch.“
Anführer:
„Wo ist der König?“
2.Recke:
„Dort auf dem Haufen seiner toten paladine liegt
er hingestreckt. Ihr seid der letzte seiner
gefolgschaft.“
Anführer (erbleichet):
„Sagt ihr, keiner des königs mehr am leben?“
2.Recke:
„Unsre schwerter haben des königs gefolge zur
höll geschickt. Mehr tot als der kann keiner sein.“
Anführer:
„Keiner, sagt ihr. Seid ihr getroffen?
2.Recke:
„Ein schwertstreich fuhr letzthin in meine hüften,
ansonsten bin ich ganz wohlauf.“
Anführer:
„So stürb auch du.“
2.Recke (sein helm flieget und purzelt vom kopfe,
weil obiger ihm einen schlag versetztet, welcher
ihm hat blutig in die schläffen gejaget): „Friede sei
mit uns!“
(wird gefällt) „...ach“ (der lebenssaft ihm aus dem
munde sprützet) „...oh“(der anführer lasset nun
hurtig die klingen springen, darauf er dem
geplagten blitzesschnell zwei arme abgetrennt)

„Gestorben wird sehr schwer."
(mit starkem aug dem todesstreich
entgegenblicket)
„So macht es schnell."
(Des anführers gesellschaft im rund, stoßen die
piken sie)
„Ich bitt nur, rasch..."
(erfasst ein lanz, die ihm ins gekrös gar arg sticht)
„Ohweh"
(die landsknecht lassen auf ein zeichen ab von
ihm)
„Guter man, eilt, worum ich bitt!"
(Der anführer lasset die flache kling auf sein
mund, womit er ein paar zähnd tiefer stoßet, als
ursprünglich gewachsen waren)
„Helft mir."
(stürbt mit etlichem geächz, die gesellen senken
ihre köpf)

<u>Der sechsttn Szen:</u>

Die dämmrung weichet der nacht. im düstren
lichte drei leichendiebe, ein bader, ein
kunsttischler, ein pfaff und ein totentänzer.
Letzterer mit gar zierliche Schritt auf und ab,
indess die anderen ihren geschäften nachgehen.

<u>Totentänzer:</u>

       S´ ist die zeit, s´ ist um die zeit
       da fliegen ville seelen weit
       arm, reich, stark und schwache man
       ein jeglichen rest hir sehen kan
       frühmorgens taten sie alle noch

leben
        jetzt mitm tod ein stelldichein gebn.

<u>Der baader:</u>
(gehet vom eynen zum anderen und zupfet ihm
am saum, darob sich aber niemand rühret.)
Rein nichts mehr zu machen. S´ist zum
verzweifeln. Nicht eyner benötigt meyn
mittelchen!
<u>2.Leichendieb:</u>
Sind alle mausetot. Kann niemand mehr lebendig
machen.
<u>Totentänzer:</u>
        Dem lebendigsten ist zeit wie ruhm
        zuvielen ist´s gegangen drum
        hier zeiget sich was übrig bleibt
        man mit dem schicksal sein spielchen
treibt.
<u>Kunsttischler:</u>
(mit dem hobel in der hand)
Ich bin ein kreuzbraver man und tu nur meine
arbeit.
<u>Pfaff:</u>
S´ wird dir am Jüngsten Tag zugute kommen.
(versinket wieder in sein gebet)
<u>Kunsttischler:</u>
„S´ist kein einfach ding das genau masz nehmen,
weil sonst liegt sichs auf jare hinaus höchst
unbequem.
<u>Der baader:</u>
Kein tränklein heut verkaufet. Mein frau und die
kinder werden wohl wieder hungrig schlafen
gehen.
<u>Kunsttischler:</u>
Kann eynem niemand mehr sagen, wie lang dass
eyner ist. Da gilt´s mit gefül die ellen der längs

und nach der brait zu schezzen und ein scharfes
auge braucht´s.
<u>1.Leichendieb:</u>
(sprechet und saget zum baader)
Dein Pech ist´s, die taten vor dir zur ader
gelassen seyn.
<u>2.Leichendieb:</u>
(lachet darob sehr)
Ob dir in die händ oder gleich in den himmel, das
machet eyn wenig unterschied.
<u>Totentänzer:</u>

      Mit gevatter tod ist nicht zu spaszen
      heut hat er keinen am leben
      gelassen.
      Was nützt es mit den feinden zu
      hadern
      wie alle welt sieht
      eyn tag folgt dem andern trotz allem
      hader.

<u>3.Leichendieb:</u>
Das wackre dreinschlagen mit dem beile und den
lanzen wird in keiner gelehrten stub beigebracht.
<u>Der baader:</u>
Und ich tu nur, was mir möglich ist.
<u>1.Leichendieb:</u>
Das ist hohe politik. Wer überlebet, musz sich
begeben in seine händ. So krieget eyn jeglicher
seins.
<u>Bäurin:</u>
(kommet vorbei, die händ zusammenschlagen)
Alle nothelfer! Gar viel grosze herren hats
dahingerafft. Es wird ein langer friede werden.
<u>Der bader:</u>
Geh du nur nach haus. Tu dich zu dein mann, es
ist viel platz für kinder frei.
<u>Kunsttischler:</u>

Von allem was ich dahier verdien, spar ich mir
eyn gutteil vom munde ab. Und schnitz damit ein
wunderschön heilig figür für unser kirchen
seittenaltar.

**Siebtes und wiewoll letzte ins bild gesetzte
szen:**

(Die Mondsichel und etliche sternelein flackern,
unter denen der baur mit seyn büblein heimwärz
ziehet)
Bauer:
Dort liegen gar viele zu hauff seit heut morgen.
Söhnlein:
Fürcht mir gar sehr. Sie machten bös gesichter,
als sie bei uns quartier genommen. Meyn
schwesterlein liegtet noch von ihnen darnieder.
Bauer:
Lass uns ein wenig rasten. Wenn morgen mit der
sonn die hitz zunimmt, sie fangen gar bald zu
stinken an.
Söhnlein:
Tut man sie nicht begaben?
Bauer:
Ihrer sind zuvill. Nur die edelleut, die haben
vortritt.
Söhnlein:
Wie kennet man sie auseinander von die
gemeinen landsknecht, wo unser pfaff wie unsere
herre lehrer sagen, im tod seyn alle gleich?
Bauer:
Die edelleut traget fein gewebet unterkleid, bube.

Heimatlicher Rundumblick

Tzupilk uffz grunhipp sabba pläja öha. Wri?
SuzuJu. DaDo suzuJu!!! Fazt: Övo wriul plam-
plam.
Sam.
Querupp: Habati nitima öjöph. Äh? Ad: igit
wau wau; mal hump-hump?
Plantschlakl äff (so-called) apfelstrudel,
besides an happy gardenzwerg.
cheese.
Übra neuru sassak namber grande pallawanken.
Grütz!
Adialmblues-tschin-tschin-tschindarassassa.
Doeing! Mampf. Gamskupf zittring. Keuch, bad
luking forwärds.
Agri-Cola rülps. Beda pipsi. Macken grinda. Trenz
loser dullijöh.

<u>Ohne Titel(1)</u>

Dojo traunzel mihsü gnuläßl
schlärchzurpf rol schnurch pipi lo,
staum schwof dari gnur
Iquecks tö ypperl pfninni:
Rozkurchler ahab schabranzlig granirfe...!
Blatschtram mi ranz senezu hirg?
tra töselchne gübi wachna tä, -mi nürzel
zneiber pifnöge.
Slaz nuch pürchnäfl fon trilli
(pazpodel glo pöfgerl zno fauken düller).
Glochses fna jäffi süre i kwörk,
mörchel nütipperl pra üglit.
Un habi lo würschlem zworch fazel na
galsi musch feborz tö gringrätz
hucks graffi kräwoh.

Die Glücklich Geschicht´ Von Eym Verirrten Reitersmann

1

Eyn einsamer reiter kam auf seynem pferde durch den wald gezogen. beyde schienen von der hitze des tages sehr ermattet und wären wohl nicht mehr weit gekommen, hätten sie nicht das gemurmel einer quelle im schattigen gebüsch innehalten lassen.

Der reitersmann stieg von seynem schweißbedeckten pferde, legte den harnisch ab und neigte seyn haupt über das kristallklar sprudelnde wasser. Die tropfen netzten seyne staubigen lippen und er trank vom köstlichen labsal, das ihm so ohngefähr die natur beschert hatte.

Hierauf lehnte er sich zurück und zog eyne rinde trocknen brots aus seynem wamse, womit er seynen ärgsten hunger stillte. Das wackre ross hatte unterdess im feuchten grund eyn plätzchen gefunden, auf dem die saftigsten gräser standen, woran es sich gütlich tat.

Der schattige hain und das stete glucksen des wassers lockten zu eyner längeren rast und unversehens ward unsrer tapfer reitersmann fest eingeschlafen.

Als er wieder erwachte, vergoldete die
abendsonne mit ihren letzten strahlen die wipfel
der tannen, denn es war spät geworden.
„So bin ich denn schier eingeschlafen", klagte der
reiter, „und bald dämmert die finstre nacht
heran. Verlassen bin ich in dem fremden forste,
den unbilden der natur und den wilden tieren
schutzlos preisgegeben!"
Der ruf des kuckuck und das hämmern des
spechtes waren die einzige antwort.

2

Rasch wurde der himmel bleich und die ersten
sternlein zuckten am firmamente auf. Die
finsternis kroch aus dem unterholz hervor und
legte sich über den stillen wald. Da und dort
raschelte es im Laube, denn manches feindliche
augenpaar blickte auf den eindringling.
Unser reitersmann hätte wohl eine unruhige
nacht verbracht, hätte er nicht in der ferne eyn
lichtlein schimmern sehen, worauf er ohn verzug
hineilte.
Es dauerte nicht lange und er stand vor eynem
bescheidnen haus, welches ganz aus holz
errichtet war, an dessen tür er pochte:
„Seyd barmherzig, gebt eynem verirrten
reitersmann obdach für die nacht, ich wills euch
entlohnen und gott segne euch dafür."
„In ewigkeit amen", tönte es aus dem hause und
eyn allerliebstes mägdelein öffnete ihm die türe.
Da kniete er vor der jungrau nieder, bedeckte
ihre weissen händchen mit unzähligen küssen
und rief:
„Dank, edles herz, für die gebotne
gastfreundschaft, wodurch ihr mich vor sichrer
not bewahret habt."

Sie aber zog ihn mit sich fort, betrachtet sehr
aufmerksam sein gesichte im flackernden
feuerschein, indes sie mit wohlgefallen sagte:
„Ei fremder mann, ihr werdet müde sein. Legt
euch in mein bettlein, das ich nur mit meiner
Ziege teile, denn die wärmet mich. Denn meyn
muhme ist vor zwei monden gestorben und die
eltern sind schon lange tot."
„So lebt ihr denn ganz alleine in dem wilden
forste?", fragte da unser reiter und seine augen
blitzten.
„Ich nähre mich von den beeren und wurzeln des
waldes und meine ziege gibt mir milch."
Da trat er auf die jungfrau zu und nahm ihre
hände abermals in die seinen:
„Gewiss will ich wohl euer bette tüchtig wärmen."

<u>Ohne Titel(2)</u>

Mi ärchzerl, mi znüchtel, mi kuschelsauli.
Quiek tränsamt.
Wozokat brambrassa jowo!
Dong fnarrer ganglius, hi?
Krachpoch lall brützl hei-heifusel brrr!
Honk schiel xügier uffz japs di nutschlupf,
wakrich bä hallifraz.
Schnoruschel gilli? Dö prätzfusel, a krätznuschel.
Conquestadore quacks.
Rumpobi wuggi lei traps, lei knall.
I belletriphil, geistelschwirr hops.
Ei pipperlovil, wü lerchelspatz taumelsteig.
Juchi nu häwa: `Wallijödl ethinormol...!´
Dirzza häkerl, mi sägsesserldreh. Dodojo!
Nu grimmschleim, schnaks beinknife zwock.
Meuch wadelzupf un kriech gfretnasel,
ni philotetik, ni erkult!
Blutaug scheum un heimnuch wesermehz.

<u>**Prosastück**</u>
<u>**in Begleitung von einigen sehr schönen**</u>
<u>**Gesängen, mehrmals vorwärts und zurück zu**</u>
<u>**lesen,**</u>
<u>**mit einem jemi Übertitel:**</u>

<u>Pesemich Genasrötzelung</u>

ERSTES KAPITEL

`alotria con muezendo´

> Jumih duh grachpürzel alloah snek he?
> Obizworschi si fraktwaronz pär hazzu,
> Jalla-iba frunk ni jo heunze:
> Hhu mufti günks.

Twonz, Edler von Gofon, über seine
Buchstabensuppe gebeugt entnimmt seinem
gewinkelten Aug´ dieweilen das Einparkmanöver
des bestellten Krokodils hinterrücks. Aus der
Höhe fällt der 14 Uhr 35 Sternenstrahlenglanz
um die Hochdrucklocke des Krokodilbändigers;
selbiger naget wie sinnlich ins feuchtledrige
Zaumzeug, indessen besagter Twonz den edlen
Daumen ins Ohr hält, wohl um den schubweisen
Wachstum des Nagels zu lauschen. tumb pocht
es in seinen Geäderungen, ein fernes Stöhnen
aus den div. Verwachsungen&CoKG unterbricht
sich zeitweise. Das Krokodil verweist eine
entröchelte Blähung, worauf der Edle von Gofon
bezugnehmend verfährt, doch hat der
Krokodilbändiger bereits mit der bloßen Faust
auf das Dach des Thieres geschlagen, als dessen
Folge eine Reihe Zähne herabgebrochen sind und
dem grünschillernden Mundwinkel entrieseln.
Hoch am Himmel verdeckt eine Schadstoffwolke
die Sonne. Bitternis steht dem Krokodilbändiger
unter dem glasigen Haaransatz, niemals war ihm
die Art Herrenreiter oder gar von beweglichem

Adel gegeben. Twonz, dieser Edle von Gofon oder
eine weitläufige Fahrt durch die Parkanlagen und
sucht auf dem gepanzerten Rücken Halt. Mit
einem Ruck setzt sich die Umgebung in Bewegung und geht nach hinten ab. In diesem
Augenblick bemerkt Twonz, dass aus der ehedem
abgewandten Seite des thierischen Maules ein
Ärmel mit allen Rangabzeichen eines mehrfach
beförderten Verkehrspolizisten raget.

ZWEITES KAPITEL

`oti po wudra´

> Nöf ginkl si, nöf rewadrisch umta
> Geix grins frunsel somil üßax
> Krum gacha röhputz
> Dropfaxerl gaz kipfel
> gluchs di surselze sur oberkrös. Eh?

Eyn Lufthauch schaukelt das damastene Getüch,
reibet sich an vielerlei Nippsachen, an
Polsternissen, um daraufhin gehitzt über den
Alabasterpopo der Jungrentnerin Lisa zu
streichen. In des Edlen glitzert der eine Wunsch,
ungesäumt die gofonesische Verirrung zu
practizieren. Doch zur Betrübung wurde der
Inhalt des Teiches vom Stammschloss derer von
Gofon bereits für allerlei Näscherei benutzt, in
also verbrauchet. So bleiben denn nur die
Schaumschnitten, rundlichen Krapfen und

geilen Cremehäufchen zwischen Windbäckerei,
welche zwei Hürsen weiter im Gelehmige des
Bäckers assemblet werden. Dieses Mannes
schiefäugiges Grinsen dringt durch jedwede
Wände und Türen, wobei es wohl wenig ins
Pastell verblasset. Hat es aber der Meister
persönlich ins Haus getragen, so bleibt dieses
allenthalben haften, für etliche Tage in den
Vorhängen, glitscht die Wände hinunter, klebt an
der eigenen Haut und noch so oftmaliges
Reinigen versagt; nur die Zeit schafft da Abhilfe.
Sowie der Gerufene mit seinem
Pseimachtlichkeiter die Frunze betritt, hält das
Paar den Atem an. Sachte, sehr sachte entrürzt
sich dem Bette eine gar bewegliche Säre. Wie aber
sollte sich des Meisters vernierte Onisauge die
verzucknervende Schwanzspitze eines Krokodils
erkennen?

DRITTES KAPITEL

`semba lug lö´

    Abra na hama, cum pombo tor wuza
    Blächtraach nidrpoldo nürz e fiep,
    zietre gisäug o kralla sefz, jo bläbbere
    swanzel su. Gomi jallseichl hhä.

Der Edle von Gofon erhüstelt sich des
feuchtnebeligen Abends, dieweilen etliche
hundert Fackeln den Schloßpark räuchern. Ohne
Klagelaut stürzt der gräfl. Hofpfau durch das
Gewölk hernieder, alsbald er genickbrüchig
verstäubelt. Sieben freifräulich privilegierte
Jagdenten entflattern einem übleren
Penizwimmel, indem sie beim ersten Hurra-Ruf
unter gleichzeitiger Entladung von verdautem
Gewürm und Gekäfere im Tiefflug knatternd zu
den Lumblozzen entweichen. Gofons Edler
empfindet eine Bewegung im Gelümp, indes die
Minute der geregelten Entwürgung ansteht. Es
lautet über den Kies, ein Gedröhn, mehr denn
unter Glocken, dongt jedwedes Herz durchwegs
zum Gejuble aller Poznaunzen. Hut samt
Perücken rotieren lüftigerseits, als zum
Höhepunkt der pächterbare Pawalta geworthülst
wird. Frau und Kinder werden vor vielhundert
Aug als Ganzes gewortelt. ˋSm—smˊ, knarrt der
Twonz. Hintergründig rast eine gelbfürzige
Feuerkugel dachüber.
Weiter unten, im schlösslichen Teiche, unter
mancherlei schnarchenden Gekarpf leuchten in
minutenlanger Bewegungslosigkeit zwei Augen,
die Millionen Jahre alt sein mögen.

VIERTES KAPITEL

´glau si ima´

> Azu klaurams giz nö kraif eh:
> Pnärch tru glitzfum lod,
> orgs pampfsaggel me bralbak hump.
> Gramwamster wabb eh twi nu josoplods
> hiek fansur umpfser.

Die vollkommne vernäherte Leibung zwängt jenen edlen Twonz nahe dem Seltschritt. Fülle der Freude, darüber der Pofwolke Allgegenmachtwärtigkeit. Schreiend, schwitzend umgeben vonnesen ergiebt sich der Edle in mancherlei Gedosige. Die Poznaunzen grünseln einsich hastophile Gepäffe. Wallera ohn´ wallerie scheppern die vierrädrigen Gespanne unter Bergen von Gekohle, Besemmlissen und Umborteln. „Luli kling klang", senselt der Gofoneser, „Mich heunst meine alabasterpopoige, dass mir die Sehnsucht zum Herzen herausspritzt!"
Sein Blick fällt indes auf die Zahl der seekuhigen Feuchtnasen.
„Oij, Euer gesenloses Benefiktum hanget mit detto zum Halse heraus. Such mir in der Einsamkeit Kälte und labe mir darob mein Zwerch."
Solchige Geschwollwörtl keiner, denn ein Belesener und Vielbeschallter verstehen möchte. Am wenigstens jenes Kleinsthirn, welches unter

stirnlosem Gepanzere den Herrn von Gofon nicht
mehr aus dem Auge lassen mag.

FÜNFTES KAPITEL

´povnürster el znuisöl´

> Klym sis fnodrill e? Ogo, ogo!
> Sin kacks, sin quortelsudel,
> hugi blieder dürtel-naasil
> Jubi wal trox su …

Ätzende Dämpfe wehen über das Kar, mit
torkeligem Flügel leiert eine Schneedohle ihres
Weges. Twonzens schiefe Zehennägel stecken
allesamt im eigenen Fleische, er selbst steht in
seinen Schaftschuhen knöcheldick im
Edlenblute. Hinter ihm, zwei Fuß etliche tausend
vor und übereinand gesetzt, das von staubigen
Schleierfahnen verdeckte Land G., in welchem
bey Gehetzeund mancherlei Zucknis unter
gleichzeitiger Nachweisung größter Dringlichkeit
die räuchige Gekreiselung wütet.
Eisbrocken, mit glitischigem Moos überzogene
scharfzackige Steine, Schwefelkristalle und
bissige Murmeltiere säumen die Peifnösel. Der
Wanderstab schlägt mehrfach gegen den
Brocken, sticht zwortelegs durch haarige Kräuter,
bricht ihr blättriges Rückrat. Kalt haucht es
unter dem Schuttgestein hervor, saugt sich mit
vielerley Gestöhn´ wieder voll, indes ein grambset

Schock tief verborgner Gänge auf den Fehltritt
des Jeweiligen lauert, nicht zu reden von dem
Geerdgeistere der Gläubigen. Der Edle aus Gofon
merkt die große Verasselung, sein wächsern
Geblüt liebt die Kühle und den schrecklichen
Geruch.
Das Wolkengetürm über den Zacken zeigt es uns
und nur uns: ein breit lachendes, ein
schrägäugig gläselndes Krokodil.

SECHSTES KAPITEL

`bürz qua titt´

> Gezwible nürs fru somoje,
> nochs hürm e cü :
> Nuli onko ar knedelzuz ha-a?
> Frnital zm frickwi o nabelbazi.

Allweilen die Lumblozzen die Begofonien
zerrürseln, hebt sich Twonz zu mehreren Malen
in den Coupeen ab. Derlei samtige Überfaselung
trägt zum Scharzen bei, ein gewaltiger
Trennstrich fliegt aus der Krafthand des
Bändigers. Twonzen gibt sich ungetroffen, doch
die alabasterpopoige Lisa hat wohl alles erspähet,
sie schirzelt, doch sie vermag sich nicht aus der
eckigen Um[klammer]ung zu lösen.
„Huks, mas navziger!", grumbset der Edle, er
zeigt seines gemeseres und gebleie. Alsbalden
klaffet der Scheitel des Bändigers wie zum

Beweise, als wollt er von sein Geringsnissen an
Innerei allseits Zeitung geben. Doch des
Gonofesers Getue ermündigt sich in das führerlos
gewordene Panzerthier, welches das Gebleie ohn
Zucken himmelwärts gegellert hat, nun aber das
Wabbelns und Schleuderns anhebt. Umsonsten
kündet ein krampfartiges Gebild; ei, ei, da nargelt
das erste Geschneuz centicenter vorlug!
Alsbalden mutet mehr halbiges Gewimmle,
Niedersursen spiegäugeln rotig. So fahret
Twonzen mitsamt Getundere des Parks entlang,
als ein bäurisch Sleizer, welcher aus geniedere
Unterhand des grünen linken Watschel entzehet.
Sonderblüt mehrteils unter Geschrecke fahren
allesamt in des Schlosses Teich, wo die Seerosen
alsbald mit ihrem zackigen Blütenlippen das
Werk der Zernetzelung behumpsen.
Lisa, die alabastrige, fliehet gleffer und viel
nämlich Geäug´ denket, so lasset euch vor der
Zernetzelung noch anderwärtig spiezen, welches
Gericht dem Dillsre nicht munden kann.

SIEBENTES KAPITEL

´bläbreber niz nirch´

    Tra jemle o warzpers sim
    Däg loj glitschdäubel mer hanso
    Fneiderprüns hek-hek?
    Ze quafplik slo dümtüm?

Alhamsu bezieht eines der Koralhirschen auf
jeglichen Poznaunzen und Gofonesen. Sintemal
des Bändigers Arm die Tätowierung eines
Krokogrünparzers aufweist, welches Twonzen
und Lisa nicht umknortelt lassen konnten.
Deider enthege sich sonderseits nulser Allhierung
des Gepäcks in Allheuzige. So pfniez, dero kunk.
Trotz andersnietig Gedohl und Gepfau verkommt
Twonzens Edelseel nächtens in gesetzere Hürle.
„Mach mir krös nasiges Zwerble", erkucht sich
der Bläß, „tran der Plie! Byronische Poznaunzen
äugeln nicht lange. Hazzu!"
Flachhirn riesonkel düselt sternschweifig unter
kräz ein, indes keiner die eingebundene Pratze
und deren Sinnhaftigkeit verstehen konnt´.
Seltser dünkt Zweyauge, welches kalt und weglos
dem Kleinhirn apertiviert. Master Grill entfällt
das Geignis und verweiset die Beentel trans
Büschel dero. Ho, Twonz! Nas pfal entwegt her!
Nies holsaug einzahn!
„Lisa", keubt Twonz, der mild-rahmig Erleuchtete
von derer von Gofon, „Mich ringelt sonderlefs
Erküstnis."
Er reichert ihr das Geblätt mit dem
Gebuchstabere: Drotoechs hane nei geraum
Koffere Gedärm.

Politische Vorgangsweise

Triefaug naso. blecherlton. struppi benjerl.
Justelmentel!
Ratza, ratza surr säg krach!
Glatz katerspieler, auli mähdrisch zizibe,
zarakzak krak.
kratsch konstruk tata,
a vogelbörger sudelquak.
da plastikant, a dodo gansal,
a schweifstutz aufbleirei ...

Brunf langzan docdoc hipp hol grünsel,
pinslarik wattegreif un reinweich leierlass,
da bartlfreda klamm nam damm.
Nu gummiwurschtel zwingle,
nu trommeldröhn auf grünkern hall,
jo pratzerlkopf un skalp tropf rot.
blutaug würg, zwickzan bell,
hen fotoseichel fill papierel zu,
kratzelmist press watschitanz
Sumpf, keppel, zürn un schleim,
orreip, glotz un murr,
jo nasoträn zwo schepperträn...

Sappermentl!
Minitverstan, rotkopferl duck,
Mi achseltröpferl jemineh,
oh sagerl swarzsak,
zecherl-sleich, stolberich,
gatschglucks quatsch,
sondersamtl gens kwi ratsch
schiefguck wünsel,
fiebpfot häb do polikotz unadrotz.

GruppenParty

*(In einer Sitzgruppe sitzen die Gastgeberin, der
Denker, sein Nachahmer und die Studentin. Im
Hintergrund stehen Leute in Gruppen beisammen,
nehmen sich Bissen vom Buffet, trinken, reden
und lachen.)*
Der Denker: Wer hat den eing´laden?
Die Gastgeberin: Den hat jemand mitgebracht.
Der Denker: Wann der seine Lied´ln zum spielen
anfangt, geh ich.
Die Gastgeberin: Sprich´ bitte nicht so laut.
Der Denker: Ich halt ihn nicht aus.
Studentin: Musiker haben besonders gute Ohren.
Schon von Berufs wegen.
Der Nachahmer: Manche besitzen sogar das
absolute Trommelfell.
Der Denker: Sobald er seine Gitarre auspackt,
bin ich weg. (kramt in seinen Taschen)
Die Gastgeberin: Suchst was?
Der Denker: Ich hab´ was verlor´n, a großes
Papier.
Die Gastgeberin: Steht was drauf?
Der Denker: Ja. ganz oben steht.....was denn...
da steht drauf..... Na, Seite Zwei!
Die Gastgeberin: ...und sonst?
Der Denker: Wann ich das nur wüßt! Mir geht
was ab.
Der Nachahmer: Und was?
Der Denker: Es ist wie beim Poposchka. ... Der
hat sich vom Untergang des Abendlandes auch
nimmer erholt.

Gastgeberin und Studentin: Poposchka,
Poposch... Kennst Du den? Wer kennt ihn?
Der Denker: Den trifft man nicht alle Tage.
Der Nachahmer: Hat sich versteckt?
Studentin: (zum Denker) Jetzt weiß ich von wo
ich Dich kenn...! Du bist doch der...
Der Denker: Ja genau. I bin derselbe wie am Bild.
Studentin: Wie interessant!
Der Denker: Und wer bist Du? Bist Du auch
jemand von an Bildl?
Studentin: Nein, ich studier' noch.
Der Denker: Und was, wenn man fragen darf?
Studentin: Kunst.
Der Denker: Und wie lang studiert man sowas?
Studentin: Eigentlich immer.
Der Denker: Gehst mit mir nach nebenan? Ich
stell mir grad vor, wir diskutieren miteinander,
den ganzen Abend lang.
Studentin: Aber ich such' nach was ganz
Bestimmten.
Der Denker: Lass' mich raten.
Studentin: Da kommst nicht drauf. Ich such'
nach der Wahrheit.
Der Denker: (fasst sie an) Das passt grad recht!
Ich zeig Dir die Meine und Du mir die Deine.
Gastgeberin: (stößt den Nachahmer mit dem Fuß
an) Du merkst aber auch gar nix. Setz' Dich zu
mir herüber. Tu' wenigstens mit mir ein bisserl
schmusen.
Nachahmer: Aber wir lieben uns nicht.
Gastgeberin: Der Abend hat erst begonnen. Was
nicht ist, kann noch werden.

Zwei Altersgedichte

I.

Ich beobachte die Falte an deinem Körper.
Wie sie sich mitbewegt,
wenn du sprichst.

Ich beobachte sie, wenn du schläfst
wenn sich dein Atem leise hebt und senkt.

Ich bin ihr Begleiter.
Sie gehört ganz zu mir.
Nie fiele es mir ein, sie glatt zu machen.
Mein Auge braucht sie als Stelle zum Verweilen.
Es sucht nach einem Ort, wo es ganz zu Hause
ist.
Deine kleine, kurze, aber auch sehr finstre Falte,
mit ihr kann ich leben.

II.

Frauenfurz:
scharf und hell,
geheimnisvoll.
Wie kann man nur.

Anhang 1:

GEDANKENSPRÜNGE

„Die Wirklichkeit“, stöhnt er, „Sie ist bloß ein unzureichendes Surrogat für meine Gedankenwelt.“

Es gibt nichts, von dem man überzeugt ist, dass man es ungestraft aufschieben dürfte.

Zeitfabrik. Herstellung und Direktversand genormter Zeiteinheiten, aber auch von Glücksmomenten, von Warteminuten, von Schrecksekunden, von Zeitlupen und Flitterwochen, von Schäferstündchen wie auch von den letzten Stündlein.
Schnellversand von Augenblicken. Entfallene Stunden für Gymnasiasten. Das ideale Geschenk, für alle, die schon alles haben: Gedenkstunden in festlichem Rahmen auf Büttenpapier. Für den Bescheidenen: Die Gutstunde auf Bon. Spätestens ab dem silbernen Hochzeitstag anzuraten: Schweigeminuten, lose abgepackt.
Abgabe von Sekundenbruchteilen bzw. Zeitresten zweiter Wahl, von totgeschlagenen Zeitspannen sowie von abgelaufenen Zeiteinheiten zu einmalig günstigen Ab-Fabrik-Preisen.
Eine Mitarbeiterin = eine Teilzeitverkäuferin.
Ein guter Kunde = ein Zeitraffer.

Das ultimative Reisebüro: Wie wollen Sie sterben?
Etwa reich und schön? Oder gesund und glücklich? Vielleicht nur schneller als alle anderen? Hier ein Restplatzangebot für Rasch-Entschlossene, Fünf- oder Drei-Stern-Roulette.
Heute buchen/Morgen am Ziel Ihrer Wünsche.

Zeitfragen. Jedem Menschen könnte sich eines
Tages die folgende Frage stellen: „Was hast du
mit Deiner Zeit getan?"
Antworten: „Ich war leider immer in Eile."
          „Darf ich Sie zurückrufen?"
          „Habe keine Zeit für Fragen, muss
          arbeiten."
          „Das sollten wir besprechen.
          Vereinbaren Sie doch bitte einen
          Termin mit meiner Sekretärin."
          „Hahaha! Ich habe nichts ausgelas-
          sen!"
          „Ich selbst darf Ihnen leider keine
          Auskunft geben. Aber ich verbinde
          Sie gerne mit der zuständigen Stelle."

Historisch gesehen, werden die Märtyrer alle
Überlebenden überdauern. Uns ist der Name
Jesus Christus geläufig und nicht die Namen
derer, die ihn ans Kreuz genagelt haben, denn
Quälgeister gibt es auf unserer Welt seit je im
Überfluss.

Man kann ja nie wissen und sollte auch für
schlechtere Zeiten vorsorgen: Leisten wir uns
daher den geistigen Zweitwohnsitz.

Aus einer redaktionellen Werbebeilage: *Sorgenfrei
durchs ganze Leben.*
Erster Gedanke: Wer erdreistet sich, mein Leben
um Wesentliches berauben zu wollen?
Zweitens: Wie übel muss es um jemand bestellt
sein, wenn er alleine schon an die Möglichkeit der
Sorgenfreiheit allen Ernstes zu glauben vermag?

Der Individualismus ist die größte Massenbewegung der Gegenwart.

Geduld mit jungen, erfolglosen Künstlern. Sie könnten als Politiker wiederkehren und Erfolg haben. - Wenn das pt. Publikum nämlich wüsste, wie viele vor ihrer politisch unheilvollen Karriere gedichtet haben, würde es der Erhöhung der Literaturförderung um das 10-fache sofort zustimmen. Gäbe es halt ein paar überflüssige Literaten mehr. Aber hundertfacher Schaden könnte in der Folge vermieden werden.

Gefährlich wird es für einen, der eine politische Aussage tätigt, an jener Stelle, an der sie sich mit der Wahrheit kreuzt. Denn Wahrheit ist die Tangente der Politik.

Lebensbogen: Politiker in Pension, darf nun über all das nachdenken, worüber er zuvor jahrzehntelang geredet hat.

Politischer Ratschlag:
Du musst zuerst einmal die Begehrlichkeiten der Menschen kennen, damit du ihnen mit deinen Gauklereien die Sicht verstellen kannst und sie in weiterer Folge von deinen Vorschlägen abhängig machst.

Politiker, hochgelobt wegen seines anspruchslosen Lebenswandels, der allgemein mit Korrektheit verwechselt wurde. Da er der Kaste der höheren Ministerialbeamten entsprang, glaubt man besonders an seine persönliche Integrität: Sein Sekretär trägt jahrein jahraus den Koffer mit

den Sonntagsreden, er selbst den mit den Partei-
spenden.

Egel, Minister für oberflächliche Angelegenheiten,
Eytel, sein Sekretär und Meinungsschleppen-
träger. Quastel, Pressesprecher mit dramatischen
Ambitionen.

Treffen zweier Koalitionäre: Coitus corruptus.

Mensch, als Opfer seines Berufes frühzeitig ver-
storben:
War er in der Privatwirtschaft tätig, hat er sich zu
Tode gearbeitet.
War er Beamter, hat man ihn zu Tode geärgert.

Was demütigt den durchschnittlichen und aus-
tauschbaren Mitarbeiter wirklich so sehr? Die
Summe der ihm täglich abgeforderten Zustimmung zu *völlig Entgegengesetztem.*

Aus einem Personalbeschreibungsbogen: Der
Kollege erschien des öfteren stark dehydriert zur
Arbeit.

Persönliche Anmerkung zum eigenem beruflichen
Umfeld: Die Erfolge waren bescheiden, zum
Schluss blieb nur mehr die Einbildung, als
Mensch den Beweis erbracht zu haben, dass
Dummheit *nicht* notgedrungen ansteckend sein
muss.

Auch ein Lebensziel: Geistig ungebrochen die
Rente zu erreichen.

Nebendarsteller, aufgrund seiner Körpersprache festgelegt auf dümmliche Rollen, wechselt in die TV-Unterhaltung. Bietet den eingeladenen Gästen ausgiebig Gelegenheit zur Selbstdarstellung und wird daher von allen Eitlen nur zu gerne aufgesucht; daher der ungemeine Erfolg.

Der Ursprung jedweder Kritik: *Anmaßung.*
Der Ursprung der Kunst: *Anmaßung.*

Größter (unerfüllter) Traum eines Kritikers: Einen Bestseller seiner Wahl zu machen, einen andern zu verhindern.

Intendant, Festspieldirektor. Seine wichtigste Tätigkeit war es stets, mit seiner eigenen Person die Sicht auf das Wesentliche zu verstellen.

Karo Ganter, Melodien- und Gedankenklau; Windhund, Schlagersänger, Chansonnier und Liedermacher je nach Mode trägt seinen Ruhm als Schleppe. Nahtloser Übergang zum Gesellschaftstiger. In Wahrheit Stimmungsmusiker, selbsternannter Künstler und Insasse verschiedener Prominentenstammtische. Sitzriese.

Tochter eines Politikers tritt als Schauspielerin in Schmierenkomödien auf. Verblüffte Zuseherin: „Woher hat sie das Talent?"
Rundum betroffenes Schweigen.

Er war festgelegt auf die Darstellung eines unzulänglichen, ja beschränkten Menschen. Blieb in seinen Rollen stets weitaus dümmer, als sein Publikum. Gerade deshalb war seine Beliebtheit grenzenlos.

Filmdiva, Grande Dame des heimischen Filmschaffens. Entzog sich jedem zweideutigen Drehbuch (Und es gab derer gut zwei Dutzend) mit der ihr angeborenen Noblesse. In Wirklichkeit Nymphomanin mit besonderer Anmut am Tag danach. Unter ihrer Triebhaftigkeit leidend. Laufend vom Klerus betreut und so vor der ewigen Finsternis bewahrt.

Der intellektuelle Schauspieler, ein unverträglicher, eitler Besserwisser. Der großen Mehrheit aufgrund seiner Witterung stets einen halben Schritt voraus, daher auch seine überdurchschnittliche Beliebtheit. Die klare Aussprache der Vokale ersetzt den Inhalt, bzw. verleiht der Platitüde besondere Bedeutsamkeit.

Leiter eines mittleren Theaters, Faun; formt und bildet Generationen junger Schauspielerinnen aus, denen eines gemeinsam ist: Sie konnten ihn sexuell stimulieren. Fast alle waren nach dieser Lebensschule in ihrem Beruf überdurchschnittlich erfolgreich; ja es schien, dass gerade dieses Theater eine besondere Brutstätte für weiblichen Nachwuchs war. In seinen letzten Jahren darauf angesprochen, meinte er: „Handwerkliches Können habe ich als selbstverständlich vorausgesetzt, mir aber kam es immer auf die Ausstrahlung an."

Eine zum Bersten gefüllt pathetische Sprechblase, Staatsschauspieler.

Schauspielerin, Kartoffelgesicht aus Raffgier, Selbstliebe und Krebs; eine Frau, deren Selbstliebe so zwingend war, dass sie es verstand, während zweier Republiken und zweier Diktaturen ganz oben zu bleiben.

Sogenannter Volksschauspieler, Mischung aus Dreistigkeit, Unverschämtheit, Engstirnigkeit, Effekt-hascherei und Sentimentalität.
Lebensbilanz: Ich hab´ für euch geschleimt.

Darstellerin der zweiten Reihe: geübt als Bardame, Prostituierte, Tänzerin, Zigeunerin in lokalen Fernseh- und Werbefilmen, träumt vom Ausland. Zauberwort: Universal Pictures. Lippenwerfen, verschleierter Blick, leidet unter einem Wanderherzen.

Das neuste Trend-Parfum: *Armutsgeruch*. - Für jene, die bereits wirklich alles, aber sonst leider nichts haben.

Musikalische Vorgabe: „Allegro confuso"

Wahlzuckerl: Jeder Staatsbürger, der mit dem Eintritt seiner Volljährigkeit für alle Zeiten auf Subventionen und sonstige staatliche Zuwendungen verzichtet, erhält sofort 200.000 Sesterzen bar auf die Hand.

Eine grün-alternative Witwe im Parlament (Mit Bio-Giftstachel).

Guter Rat angesichts der kleinen täglichen Ärgerlichkeiten: „So nehmen´s die Menschen und das Leben nicht gar so persönlich, lieber Herr!"

Alptraum des eiligen Mannes: Vom eigenen Leben auf der Autobahn überholt zu werden.

Meister der Klassik, Mann der sparsamen Geste. Verprasst große Teile seines Vermögens mit schnellen Autos, Booten und Flugzeugen. Doch wenn er vor sein Publikum tritt, ist er ganz und gar Priester des Hohen, der Künste, Hüter der letzten Wahrheiten.

Am Totenbett digitalisiert der Meister seine Interpretationen, um sie auf ewig der Nachwelt rauschfrei zu erhalten.

Was beweist und die alljährliche Verleihung der Nobelpreise? „Dass, -eine ausreichend hohe Geldsumme vorausgesetzt- fast jeder Mensch dieser Welt durch die Kombination Auszeichnung/Geld käuflich ist."

Eigenbrötler ärgerlich, weil angesprochen: „Ich bin Klassiker, folglich gibt es mich erst, nachdem ich gestorben bin. Also lassen Sie mich bis dahin gefälligst in Ruhe."

Ein junger Poet haucht ein Liebesgedicht in sein Diktiergerät. Und er seufzt: „Mit dem Kitsch in meinem Herzen könnte ich die halbe Welt ersäufen."

Entscheidung: „Wollen Sie für die Kunst oder von der Kunst leben? Beides ist bedenklich."

Genialer Interpret lässt den Urheber vergessen (und erspart auch die Auseinandersetzung mit demselben).

Einer war seit Jahrzehnten ohne jeglichen Erfolg. In seiner vollkommenen Aussichtslosigkeit war er es gerade, der unabhängig und frei geblieben war und damit hörenswert, -so lange er einigermaßen nüchtern war.

Unternehmer, Sponsor von Literaturzeitschriften, sieht sich gerne veröffentlicht. Gedichtsammlung: „Windungen."

Großer Österreichischer Staatspreis für Beamtenpoesie:
Zyklus   „Hofseitige   Aktenvermerke"   von Ministerialiendirektor Franz Joseph Zwinkerbock über das bewegte Liebesleben der Tauben auf den Simsen.
Ehrenpreis für „Unheimliche Begegnung in der Registratur",   handelt   von   dem   Geist   des verstorbenen Ministerialsekretärs, der regelmäßig seine eigenen Akten frisst, verfasst von Herrn Hyppolith Stopf.
Preis   der   Gewerkschaft: „Umnachtung   eines Kanzleigehilfen"   von   Oberrevidend   Wendelin Schwitzer.
Staatspreis   für   fortschrittliche   Literatur: „Vergewaltigung   eines   Kondoms",   Theaterstück mit drei Akten.

Junger   Dramatiker: Läuft   als   lebende   Wunde umher. Jahre später erfolgreicher Vertreter der sogenannten Revancheliteratur.

Dichter und Schifahrer. Erstlingswerk: „Kontemplative Schussfahrt"
Späterer Gedichtband: „Gletscherschweiß"

Diskussionsabend „Wohin geht die Moderne?".
Franz Föhn, Verfasser der `Steinernen Elegien´
und Fritz Forz, Autor des Bühnenstückes
`Sauwadel´ sitzen einander schräg gegenüber.
Scheinwerfer leuchten auf, der Vorhang geht
hoch.
Langanhaltender Applaus für Franz Föhn. Buh-
Rufe und Pfiffe bei Forzens Vorstellung. Nachher,
bei der Verabschiedung raunt Franz Föhn seinem
Widerpart ins Ohr: „Du schreibst ordinär, lieber
Kollege und lebst ganz wie ein Kleinbürger. Ich
mache es genau umgekehrt. So will es das
Publikum."

Wurstfabrikant, seit dem landesweiten Erfolg
seiner Räucherwurst „Raphael" großzügiger
Kunstmäzen.

Den Schriftsteller B. befiel unlängst nach dem
fünften Viertel eine Gedankenkompression, aus
der er mit 3 Gedichten, einem Dramenentwurf
und vier Aphorismen gestärkt wieder herauskam.

Professor Kurt Grantel, Vorsitzender der sinfo-
nischen Gesellschaft und gefürchtet wegen seiner
übelriechenden Winde.

Vater ist ein unbekannter, wenig gelesener
Schriftsteller, Verfasser unzähliger dürrer Texte,
Dauerstipendiat, bekannt für seine Redseligkeit
wie für seine Unfähigkeit, einen Punkt zu setzen.
Der Sohn rächt sich für den Vater als Schlager-
komponist, als Verfasser des Hits `Hupihupi-
hupf´. Seinerzeit über 10 Mill. Tonträger verkauft.
Lebt von seinen Tantiemen. Villa am Attersee und

Wohnung in Wien. Kann Frauen über 14 nichts mehr abgewinnen. Mehrere laufende Gerichtsverfahren.

Nicht wenige sogenannte Intellektuelle geben als ihre wichtigste Botschaft zuerst einmal aus, der überwiegende Teil der Menschheit wäre völlig bescheuert und möge sie daher am Arsche lecken. (Ihr ganz persönliches Publikum natürlich davon ausgenommen...)
Wir merken: Auch billiger Kleber bindet gut.

"Let´s do the Dodljodl", Volksmusiksänger aus eigener Mast mit Stadlerfahrung.

Ein Statist entwickelt eine Sucht nach Beleuchtungskörpern. Hält sich mit Vorliebe nächtens unter Straßenlaternen auf, fühlt sich unter Halogenlampen besonders wohl, wird unter Videoleuchten lebhaft, mehrmaliges Blitzen erregt ihn, gerät im Finsteren häufig in Gefahr, von Autos überfahren zu werden.

Inserate:
- „Tausche alle meine Grundsätze gegen eine ehrliche Meinung.“
- „Jugendstil-Porzellangebiß, überkomplett, umstän-dehalber abzugeben.“
- „Querdenker, einsturzgefährdet, unverschuldeter Sanierungsfall sucht nach dem Wegbrechen von Ideologien dringend diverse Mauerreste zum Wiederaufbau.“
- „Lawinenstrich sucht verlässliche Mure. Unter `2-Saisonen-Betrieb´ an den Verlag.“
- „Beabsichtige, die letzten Gedanken berühmter Menschen als Anthologie

herauszugeben.   Wer   meldet   sich
freiwillig?"

- „Noch einige sehr liebe und lebhafte Haus-
  bazillen, nicht kastriert, nur an seriöse
  Interessenten abzugeben."
- „Kinderloses Ehepaar sucht Gleichgesinn-
  tes."
- „Bartträger, durchschnittlich intelligent,
  sucht Frau, Halbäffin o.ä. Unter `Mal so,
  mal so´ an den Verlag.
- „In Erfüllung einer traurigen Pflicht gebe
  ich die Beerdigung unseres Familiengrab-
  steines bekannt. Die Beisetzung fand im
  engsten Kreise statt."
- „Rätselhaft: Alzheimer-Epidemie rafft
  mehrheitlich Freidenker und Sozialisten
  dahin!"
- „Markanter Meinungsträger in erst-
  klassiger Verarbeitung, polierte Hülse, gegen Höchstgebot abzugeben."
- „Intellektuell Arbeitsloser sucht dringend
  ausbaufähigen Gedanken."
- „Erfahrener Arbeiter, mehrfach entlassen,
  aber immer noch locker, sucht neuen
  Wirkungskreis. Chiffre: Arbeite gerne
  ehrlich."
- Jubeljournalist, Mittfünfziger, trotzdem
  naiv geblieben, sucht ebensolches
  Magazin. Chiffre „Wie schön das Leben mit
  uns spielt".
- „Menschliches Aktienpaket, sehr indi-
  viduell, kann gegen Höchstgebot binnen
  weniger Sekunden auf immer Dein sein."
- „Älteres Industriellenehepaar, nach vielen
  fleißigen Jahren anständig geworden,
  sucht jungen aufstrebenden Künstlerkreis

für gesellschaftlichen Aufputz. Als
Gegenleistung wird vollständige wissen-
schaftliche Dokumentation geboten."
- Ausbaufähiger Jungmanager, vielseitig,
Erfolgsnachweise vorhanden, macht auch
Ihre langjährigen Mitarbeiter binnen weni-
ger Wochen zur Schnecke. Unter „Selbst-
kündigung&Saniert&Sofort" an den Verlag.

Eine echte Revolution: Die Grünlagegebiete der
Stadt, in denen sich die Wohnsiedlungen der
Protektionskinder befinden, mit Wohnbauten für
den durchschnittlichen Siedler verdichten.

Einsamkeit eines Uraltlinken: `Sponti´ hält die
Mehrheit der Jungen heute für eine Sportwagen-
marke.

Stop der Quälerei! Sofortiges Verbot der Massen-
touristenhaltung! Für eine artgerechte Unterbrin-
gung von Touristen durch die Fremdenverkehrs-
wirtschaft!

Gleich nach dem Grenzübergang werden die
Touristen busweise von den Gemeinden ersteigert
und anschließend in die Erholungsräume einge-
wiesen.

Sie versuchte, die Frage „Wer bin ich?" Zeit ihres
Lebens vor dem Spiegel zu lösen.

Mann im Älterwerden grübelt: „Was bin ich? –
Ein achtunddreißigjähriger Irrtum!"

Was nützt es, recht zu haben, wenn ich nichts
davon habe?

Ministerium für abartige Angelegenheiten.

Zentralamt für Verhütung jeglicher Art.

Zukunftsmuseum. Sonderausstellung: Nebel.

Ministerium für Gedanken-, Maul- und Klauensperre.

Ministerium für innere und äußere Korruption sowie für gekränkte Eitelkeiten.

Ministerium für zugelaufene Blödsinnigkeiten, Grimassen und eingeschleppte Krankheiten.

Ministerium für übrige Angelegenheiten.

Vertuschungsminister.

Verstopfungsministerium, Sektionchef Dr. Gehtnichtmehr.

In der nachhaltigen Betrunkenheit liegt die Errettung der Welt vom Fundamentalismus.

Ein arbeitsloser Schauspieler, der sich als Gast bei verschiedenen Fernsehstammtischen und Fernsehköchen über Wasser hält.

Schulversuch im Rahmen der Umwelterziehung: Begrünen von Herbstlaub.

Aktion „Rettet den Kieselstein". Sein Vorkommen ist durch Raubbau in großem Stile sowie durch industrielle Verarbeitung akut in seinem Bestand bedroht. Gefordert wird Einführung von strengen Schonzeiten, eines „Tag des Kieselsteines". Schulklassen setzen Kieselsteine in der freien Natur aus.

Für ihn als Mathematiker barg das Leben einfach zu viele Unbekannte. Streng genommen, verachtete er es, da es nur ein vorläufiger Zustand in Unordnung war. Heimlich sehnte er den Tod für alle und jenes herbei, den einzigen Fixpunkt neben der Zeugung.

Statistiker, auf der Suche nach der Wahrheit, befindet nach einigen Jahren: „Es gibt keine Statistik."

Ignaz Lottl, Mathematiker, arbeitet an einer mystischen Zahl, die jedoch eine fixe Größe ist, ähnlich pi. Sie lautet Wurzel aus error. Gedacht als Konstante für Tunnelbauer, Städteplaner, Atomkraftwerker und Zukunftsforscher.

Einer der ganz großen Wissenschaftler der Gegenwart. „Ich weiß rein gar nichts", kokettiert er mit seinem Publikum stets gegen Schluss seines Vortrages, nachdem er es zuvor mit seinen Zahlenspielereien verwirrt gemacht hatte. Man glaubte ihm gerne, ja man hörte ihm allseits begeistert zu.

Nur kurze Zeit wieder erhältlich: Schonende Gehirnwäsche für Nonkonformisten, Einzelgänger, und andere Widerspruchsgeister. Kluge bestellen jetzt gleich die kostenlose Broschüre „Der schnelle Weg zum glücklichen Konsumisten."

In der Zeit zwischen Josef II. und Raiffeisen war
die Leibeigenschaft der Bauern aufgehoben.

Gerechtigkeit: Einer vergiftet im Laufe seines
Lebens mit Tonnen von Chemikalien seine Gärten
und Felder und gilt zugleich als Ehrenmann. Der
andere vergiftet seinen eigenen Körper und nichts
sonst. Dafür wird er vor den Richter gezerrt und
mit monatelanger Gefängnishaft bedroht, wovor
ihn glücklicherweise die Popularität seiner Lieder
und ein paar teure Anwälte bewahren können.

Ein so genanntes Wahlzuckerl: Jedem Staatsbürger, der in der Großstadt bleibt, wird ab sofort
ein Ehrenzeichen verliehen, eine versilberte An-
stecknadel in Form eines „E", die ihren Träger als
Einheimischen ausweist. „E"-Trägern gebührt ein
Sitzplatz in der Straßenbahn sowie eine bevorzugte Behandlung in Ämtern, Opernhäusern und
Dampfbädern.

Es trafen sich ein liebenswürdiger Mann und eine
liebesbedürftige Frau – sie fanden trotzdem nie
zueinander.

Eine schöne Frau auf der Suche nach geistiger
Anerkennung verzweifelt. Gerade sie wird in
ihrem Anspruch ständig betrogen.

Monatelang beschäftigte ihn die Frage, wie ein
hübsches junges Mädchen bloß so ordinär sein
konnte. Er kam zu keinem Ergebnis. Kurz darauf
heiratete er sie.

Sie erkennt in ihren späteren Lebensjahren:
Männer sind nichts mehr als hässlich gewordene
Buben.

Er war die große Geilheit ihres Lebens.

Welkes Gesicht, doch hochempfindliche Ge-
schlechtshäute.

Schon als halbes Kind galt ihr Interesse den gut
aussehenden Männern. Mit den Jahren wurde
ihr Hunger nach Menschenliebe beängstigend.
Eine Zeitlang, sie war so um die 25, bevorzugte
sie Frauen. Dann hielt sie es mit beiderlei Ge-
schlechtern. Mit 50 war sie geil auf alles, was
Wärme abgab und mehr als ein Bein hatte. Für
alle Zeiten unvergesslich ist sie als Darstellerin
einer gealterten Frau, die einen Jüngling zu ver-
führen versucht.

Liebe auf den ersten Fick.

Sie sammelte die Samen berühmter Männer. Nur
wenn das Warten gar zu mühsam war, machte
sie die eine oder andere Ausnahme.

Eine unglückliche Liebesgeschichte: Sein Glied
war vergiftet.

Sie verdiente ihr Geld mit dem Melken von
Männern. Eine Sennerin d`amour.

Der Transvestit lächelte, dann öffnete er den
Mund und ein kleiner Penis züngelte hervor.

Sie riss sich Freunde, Liebhaber regelmäßig aus dem Herzen, um sie nicht zu verlieren, sei es an andere, sei es durch Tod.

Ihr größter heimlicher Wunsch: Zum 40. Geburtstag ein festliches Beisammensein mit allen Männern, mit denen sie bisher geschlafen hatte.

Vereinigung zweier besonders edler Organe: Sängerin heiratet Weinverkoster.

Rollenbezogene Aufgabenteilung in Sachen Sexualität:
Die Frau nimmt *die eine* Pille für die Verhütung, der Mann *eine andere* Pille zur Stärkung seiner Potenz.

Delikatessengeschäft: Handlung mit Lüsten besonderer Art.

Die überzeugungslose, weil frei vazierende Intelligenz. Ein Zeitgeschöpf, das immer im Übermaße vorkommt. Gut getarnt, gibt sehr sympathisch.
Ideal für ihr Gedeihen sind großkoalitionäre, diffuse Zustände. Entblößend sind Wendezeiten, doch die Betroffenen sind von ihrer eigenen Eitelkeit so sehr eingenommen, dass sie sich nie und nimmer als peinlich empfinden.

Zeitungswesen: Meinungsentsorgung auf Kosten und Risiko der Leser.

Redakteur einer hämischen Wochenzeitschrift.

Das großformatige Schmierblatt. Pathos in Sprechblasen abgepackt. Dahinter nichts als Verächtlichmachung.

Der Hass des kleinen Mannes entsteht aus dem Eingeständnis der eigenen Ohnmacht. Darüber will er aber aus Selbstschutz nicht nachdenken. Deshalb verkaufen sich Zeitschriften, die man lesen kann, ohne denken zu müssen, so gut: „Täglich. Das Letzte." „Das KleineBilderBlatt". „Heimatblatt"

Wurschtl, Kasperl, Gedankenvorturner. Hält sich absichtsvoll ein Weltbild aus unvereinbaren Elementen; hat sich mit seiner in vielen Jahrzehnten geübter Dialektik darin unangreifbar gemacht. Stets im jeweiligen Trend, ob rechts, links oder grün, immer eine Nase weiter vorn. Seine Anhänger, Studenten, Zeitungsleser wie sonstige Suchende, die er alle hinter sich gelassen hat, sind Legion. Als Journalist mit Beißhemmung: Hat er den Gegner in die Enge getrieben, fängt er blöde zu grinsen an. Liebt seine Gedankenpirouetten mehr als alles andere in der Welt. Kann am Ende seines Lebens behaupten, in fast jedem politischen Lager seine Markierung hinterlassen zu haben.

Noch ungeschriebene Schlagzeilen des KleinenBilderBlattes:
    -„Entmenschter Rabenvater wirft Säugling
     ins Ozonloch."
    -„Expertenstreit: Darf Treibhauseffekt mit
     Atomkrieg bekämpft werden?"
    -„Hochwassermarke von den Fluten mitge-
     rissen!"

-„Bei grüner Regierungsbeteiligung: Unser
 Zeitalter wird entsorgt.“
-„Hilfe! Mein Hund hat Aids.“
-„In Basi ibn Hafi wurde einem Schnellfahrer
 der Bleifuß abgenommen.“
-„Mann erzählte eigener Frau so lange Witze,
 bis sie ihn erstach.“
-„Der Konzern Hector&Jamble hat ein biolo-
 gisch abbaubares Mittel gegen die Umwelt-
 verschmutzung zur Marktreife gebracht.“
-„Junge Moskauerin ernährte sich 12 Tage
 lang ausschließlich von Hamburgern: Ver-
 hungert.“
-„Auch Singles fordern Familienrabatt!“
-„Gestern vor 20 Jahren starb in aller Stille
 jener Hund, der vor 23 Jahren Thomas
 Bernhard gebissen hatte.“
-„Miss und Mister Handikap. Wir suchen die
 schönsten Behinderten und werden sie
 unseren Lesern vorstellen.“
-„Umweltfanatiker starb an Verhaltung!“
-„Erste vollständige Transplantation eines
 Herzkreislaufkollapses im Allgemeinen
 Krankenhaus gelungen.“
-„Starker Nichtraucher wünscht sich mehr
 Toleranz.“
- Das KleineBilderBlatt und seine Leser for-
 dern: Letzte Ölung auch für Embryos.
-„Verkehrstod am vergangenen Wochenende
 im Stau steckengeblieben!“
-„Kampfhund rempelt Pensionistin um.“

Geschichte zweier Karrieristen: Der eine verwirk-
licht seine Fähigkeiten als politischer Günstling
mit Monopolstellung, indem er Funk- und
Fernsehhofrat wird. Der andere biedert sich an

seine Leserschar mit täglich Unverdautem so unverschämt an, dass ihn der Markt dafür mit einer Monopolstellung belohnt.
Die Eifersüchteleien beider sind Legende und haben etliche Existenzen zerstört. Im späten Alter erhalten beide gleichzeitig einen Preis, der nach Karl Kraus benannt ist. Welch infam ausgedachte Demütigung!

Nachruf über einen guten Fernsehintendanten: Er ist den Kulturschaffenden seines Landes nicht wirklich im Wege gestanden.

Charakterskizzen:
- Moderatoreinerpopulären Fernsehsendung: Wiederaufbereitungsanlage von Vorurteilen.
- Extrembergsteiger, Schrecken aller Yetis, Mandrillgesicht, Halbschuhintellektueller, DER Intrigenknüpfer jeder Seilschaft.
- Segensreich Tausendsassa, begnadeter Kopist, Verschönerer, konserviert eigene Werke, errichtet sein Geschäft steuerschonend als Shopping-Museum: Kunst-Erlebnis-Kaufwelt.
- Ein wundgesessener Beamter.
- Widerstandskämpfer, lebt gut davon, ein einziges Mal im Leben Recht gehabt zu haben.
- Geschasster Vielfachfunktionär, ehemaliger Parteibonze, Säulenheiliger, früherer Hüter und Bewahrer des ideologischen Lichtleins. Werkt nach seinem Sturz schon viele Jahre in seinem Garten im Grüngürtel der Stadt zum Schrecken aller

dort ansässigen Regenwürmer und Schnecken.

- Tiroler Konservativer, zum Wiener veredelt. Katastrophenmensch, weil völlig unberechenbar.
- Nicht seine Leistungen, sondern seine für sein Alter herausragende Hässlichkeit war beeindruckend und respektgebietend.
- Stadtrandbauer, Landschaftsvernichter, Aktionär der Waldluft Wohnbaugenossenschaft mbH, Geschäftsführer der „Schweinchen Susi Schnitzel GesmbH" („jetzt neu, mit Antischrumpfeffekt durch verbesserte Futterbeigabe"), Patentinhaber der naturnahen vielgeschossigen Schweinehaltung, die mit dem Schlachtruf „Jedem Schwein seine südseitig ausgerichtete Loggia" selbst kritische Tierschützer zum Verstummen gebracht hatte. 6 ehelich gezeugte Kinder werden das ehrgeizige Werk vollenden.
- Schuldirektorin, anerkannte Pädagogin. Mit einem Gesicht wie eine explodierende Handgranate.
- Sie genierte sich ständig vor sich selber; und genauso sah sie auch aus.
- Lebensweg: Freier Mitarbeiter, Betriebsrat, Redakteur, Funkdirektor, zuletzt Koordinator der Interessensgemeinschaft deutschsprachiger Fernsehsender. Voraussetzungen: Er hatte mehr als schlechten Geschmack; er war absolut geschmacklos, geruchsfrei, neutral. Ein geschliffenes Ekel, sein Motor kontrollierte Selbstgefälligkeit.

- Waldemar Süßglotz, Fernsehansager, durch verschiedentliche Erbschaften aus dem Publikum reich geworden.
- Breitfüßige Weiber aus den Dörfern. Herausgewachsen als zweite, vierte oder fünfte Tochter. Weißbäuchig, pralle Waden mit Stachelhaaren, ländliche Einheitsdauerwelle. Das Äußerste, was man ihnen zugestanden hat, waren ein paar Lehr- und Arbeitsjahre. Von der ersten größeren Leidenschaft hineingeworfen in eine eigene Familie. Schauen mit ihren leeren Augen aus ihrem Kinder/Ehe/-Häuschenfrust hervor. Begehren nicht einmal zwischen Morgen und abendlicher Rückkehr ihres betrunkenen Gartenzwerges etwas Unerlaubtes, wie Gedanken um sich selbst oder gar einen Ausbruch; nur mehr der Neid und die absolute Verneinung sind ihr treibendes Element geblieben. Deshalb wetzt ihr heißkalter Hintern die Kirchbänke glatt und sie hassen alles wie die Pest, was nicht ihresgleichen ist und einen guten Teil von ihrem Selbst auch noch dazu.

Verzichtbare Möbelstücke:
Vorzimmerirrläufer, eingebaute Gerüchteküche mit angeschlossenem Krisenherd, Schlafzimmerpsychose, ein echter persischer Ölteppich im Wohnzimmer, einige Problemkisten auf dem Dachboden.

Ihre Lippen waren nach 25-jähriger Ehe zu einem dünnen Strich geworden, die Nase immer mächtiger. Sein Ausbruchsversuch mit einer um lächerliche 4 Jahre jüngeren Frau blieb ihr unverständlich. Auch als ihr böswillig zugetragen wurde, von welch ungestümer Leidenschaft ihr Mann erfasst worden war, antwortete sie grimmig: „Das hätte er bei mir ebenso gut haben können. Dieser feige Kerl."

Mehr als dreißig Jahre lang führte sie einen erbitterten Krieg gegen seine Angewohnheiten. Mit 64 Jahren erlitt er einen Schlaganfall –er war äußerlich unversehrt, gleichwohl ein gebrochener Mann. Ein anderer Teil von ihm kam zum Vorschein, der gute ruhige Mann, der bloß seinen Frieden und seine Seelenruhe finden wollte. Darüber erschrak sie; gegen welches Trugbild hatte sie bisher ihre Kämpfe ausgetragen? Nachdem sie eine Weile sich selbst fürchtete, lebte sie mit dem ihr völlig fremden Menschen noch einige Jahre. Doch ihre Selbstsicherheit war dahin. „Die brave Frau", hörte man sagen, „hat sich das Schicksal des Mannes sehr zu Herzen genommen."

Nachdem sie entdeckt hatte (Wir verraten an dieser Stelle absichtsvoll nicht, wie dieses möglich war), dass er, sooft er mit ihr schlief, in Wirklichkeit bloß onanierte, reichte sie die Scheidung ein.

Nach dem Tode seiner Frau besuchte der Alte trotz seiner Fußbeschwerden jede zweite Woche ihr Grab, stets den gleichen gelben Blumenstrauß in den Händen. „Was für ein guter Mann", dachten alle, die ihn kannten und niemand hätte es gewagt, seine Andacht zu stören, wenn er, das Sträußchen in der Hand vor ihrem Grab innehielt und die Lippen bewegte. Bloß ein Friedhofsarbeiter hatte einmal zufällig vernommen, wie der Alte gerade die Blumen auf dem Grab abstellte und dabei leise sagte: „Konntest sie nicht riechen, konntest sie nie ausstehen. So, da hast du sie." Daraufhin ging er langsam davon.

„Boykottieren wir die Erzeugnisse von Tieren aus Masthaltung und kaufen wir nur glückliche Tiere."
Dazu eine ältere Dame: „Sie übler Mensch! Mir bräche das Herz, ein glückliches Tier zu verspeisen."

Kein politisches Programm: Von der Vollwertkost zum Vollwertmenschen.

„Hier ist ein guter Platz, um in Frieden zu sterben", seufzt der Wal und legt sich rücklings auf die Sandbank. Da näherten sich von allen Seiten Menschen mit Schaufeln, Leitern, Seilen und Netzen, die ihn unter gewaltigem Ho-Ruck unter dem Scheinwerferlicht der Kameras zurück ins Meer bugsierten.

Die Männer des alpinen Wandervereines hatten eine neuen Steig angelegt: Eine 2-Tages-Tour vom `Böseck´ über den `Toten Hund´ zum `Finsterrüssel´, die sogleich von vielen schneidigen Bergwanderern und Kletterern begangen wurde. Doch regelmäßig gab es Unfälle und Kollisionen an ihrer gefährlichsten Stelle, der Kreuzung des Steiges mit der örtlichen Landesstraße.

Arbeitsaufgaben:
  - Im Außenministerium, im diplomatischen

Dienst. Arbeitet seit 2 Jahren an der
Aktualisierung eines   Empfangsproto-
kolles für Marsmenschen. Wie begrüßt
man Marsmenschen?
Wie soll das Komittee zusammengestellt
sein?
Welche Redensweise ist zweckmäßig?
-   Bio-Regierungsrat. Aufgabengebiet Entsor-
    gung umweltschädlicher Aktenvermerke.
-   Sektionsrat Last, Verfasser eines Enwurfes
    zur Bekleidungsvorschrift für Beamte, in
    dem   insbesondere   Hosentürchen   mit
    Zippverschluß für alle männlichen und
    weiblichen Mitarbeiter gefordert wurden.
    Seinen Berechnungen zufolge ergab sich
    beim durchschnittlichen täglich 3-maligen
    Urinieren während der Dienstzeiten durch
    das Öffnen und Schließen von Knöpfen
    gegenüber dem Betätigen eines Zippver-
    schlusses eine Zeitdifferenz von je ca. 30
    Sekunden. Bei einer angenommenen Zahl
    von 600.000 Beamten ergibt sich ein
    Zeitvolumen 3,3 Mill. Arbeitsstunden oder
    ein Einsparungspotential von 660 Dienst-
    posten. Last erhielt alsbald das „Inner-
    alpine Verdienstkreuz in Gold“ und wurde
    zum Leiter der „Allgemeinen Finanzen“
    bestellt.
-Scharfzüngiger Komplexler und Kommen-
    tator, Ausweider von bekannten Gestalten
    aus Geschichte und Gegenwart, Kongress-
    und Wochenendbeilagenhyäne.
-Schauspieler, spezialisiert auf unappe-
    titliche Rollen, wie Sandler, Beamter, Poli-
    zist, Taschendieb, ehemals der schönste
    Mann seines Jahrgangs. Sein Vergehen,

die Liebe: zwei Kinder, die erhalten sein
wollten, für die er jede noch schwache Rolle
annahm. Es dauerte nur ein paar Jahre,
dann fing er an, seinen Rollen auf
verblüfffende Weise ähnlich zu werden.
  -Technischer Amstrat Schlurch, Leiter der
städtischen Kanaldeckelevidenz.

Beginn eines Romans: „Unterhalb der Fabrik,
nahe dem Ende der Stadt war der Fluss eine dermaßen ekelige Brühe, dass, sobald ein Mensch
mit einer Angel am Uferrand erschien, in ihrer
Verzweiflung die Fische zu mehreren gleichzeitig
dem Manne entgegensprangen.“

Einige angerissene Kurzgeschichten zum Weiter-
denken:

- Junger Idealist durchstreift die Haupt-
  straßen, um einen bedeutsamen Zeitge-
  nossen zu treffen, dem er voll Rührung die
  Hände schütteln kann. Da tritt aus dem
  Dunkel der Hauseinfahrt Detlev von
  Schwulenstein hervor. Der leckt sich die
  Lippen.

- Rosamunde F. (87) liegt in ihrem Nach-
  mittagskoma. Da entsteigt Waldemar
  Süßglotz (39) dem ORF-Loch, tritt an ihr
  Bett und streichelt zart über ihren Hand-
  rücken.

- Der Mond scheint auf eine Terrasse. Früh-
  sommernacht. Ein Mann und eine Frau.
  Ein lauer Windstoß löscht die Kerze aus.

In den Büschen schreit eine Kröte verzweifelt um Liebe.

- Novemberabend am Stadtrand, die
  Schweißnebel der Jogger senken sich wie
  Leichentücher über die Wiesen. Bisweilen
  treibt ein Windhauch schwaches Stöhnen
  oder Husten an unser Ohr. Hinter einem
  Baumstamm ein Mann, er keucht schwer,
  seine Augen sind blutunterlaufen. Da
  nähern sich –tap-tap-tap- gazellenhaft
  leichtfüßige Schritte.

- Pater Notturno, volkstümlicher Verfasser
  von mehreren hübschen Kindern fuhr
  zusammen –er war gerade mit der
  Entsorgung eines schmutzigen Gedankens
  im Gebet beschäftigt-, da erblickte er Zenzi
  in ihrer jugendlichen Frische, wie sie
  durch die Türe trat.

- Ein Serienmörder treibt sein Unwesen. Mit
  seinem messerscharfen Verstand
  durchtrennt er verschiedenen Frauen die
  Kehle.

- Der Jungbörsianer Mario verließ an diesem
  Tag bereits vor elf das Haus, querte die
  Straße und machte vor dem Geldaus-
  gabeautomaten gegenüber halt. Nach einer
  kurzen Morgenandacht, welche mit der
  Rückbesinnung auf seinen Code begann
  und zuletzt in der Befüllung seiner
  Brieftasche ihren Höhepunkt und Ab-
  schluss fand, rief er ein Taxi herbei.

Der heimische Opportunistenbund veranstaltet
seine Jahreshauptversammlung. Leitsatz: „Wir
bleiben Opportunist, auch wenn uns manchmal
der Wind in den Rücken fällt."
Thema: „Über die Schwierigkeiten des
opportunen Handelns." Arbeitskreise. „Der
konsequente Opportunist – ein geglücktes
Leben." „Was zeichnet den Menschen zum
Opportunisten aus?" „Wie viele Gegner darf ein
echter Opportunist haben?"

Gasthaus „Zum fidelen Maikäfer". Ball der
Gartenwerge.

Café „Zweifel"

Gasthof „Zum einsamen Affen".

Kaffeehaus mit defekter Wanduhr: „Zur
stotternden Zeit"

Die historische Rolle der christlichen Kirche in
ihrer kürzestmöglichen Form: Weltbefleckung.

Ehemaliger Freidenker, bemüht: „Guter Freund,
die Kirchentüren stehen weit offen. Für alle."
Antwort: „Heinrich, mir graut vor diesem Luft-
zug."

Die Kirche fördert die Freuden aller Varianten des
Geschlechtsverkehrs in einem unnatürlichen
Maße, indem sie laufend Beschränkungen und
Verbote über ihn ausspricht.

Geistlicher. Resistent gegen alle Höhen und Tiefen des Lebens, hohläugig, eine flackernde, hochnervige Geistigkeit, erkalteter Wachsgeruch.

Die große Kirche dieses Landes: Die Masse der gutgläubigen wie gutwilligen Mystiker, die aus ihrer Versenkung Lebenskraft schöpfen und weder darauf, noch auf die sakralen Räume verzichten wollen, erhalten mit ihrer schier endlosen Geduld die Kaste der erstarrten Popanze.

Eine bischöfliche Lichtgestalt pflegt gerne als letztes Wort bei Auseinandersetzungen die Frage in den Raum zu stellen: Das Christentum müsse schon alleine deswegen Gottes Werk sein, weil es seit 2000 Jahren bestehe.
Wir wollen dem entgegenhalten, dass nur Gottes unendliche Geduld 2000 Jahre Christentum ertragen konnte. Oder dass selbst 2000 Jahre Christentum nicht ausgereicht haben, die Größe Gottes zu verstellen.

Jede Kultur hat die Religion, die sie verdient. Der sogenannte Abendländischen kann den Seinen wirklich nichts mehr helfen, als die *unendliche* göttliche Gnade.

Der Gott der Christen tut das größte aller Wunder am Jüngsten Tag: Die Auferstehung von den Toten.
Sein Klerus behauptet von sich, das zweitgrößte aller Wunder zu tun: Ein Leben in sexueller Enthaltsamkeit.

Einem Menschen, so wie er beschaffen ist, abzu-
verlangen, er möge sein Leben in vollkommener
sexueller Enthaltsamkeit zubringen, muss
zwangsweise unbändigsten Hass hervorrufen. Die
Popanze behaupten, dass Gott ebendieses von
ihnen fordere. Mit fortgeschrittenem Alter
verhalten sie sich tatsächlich so, als ob sie ihn
hassten: Sie tun nämlich alles, um selbst den
Gutwilligsten den Kirchenbesuch zu verleiden.

Nach Abschaffung der Subventionen für die
anerkannten Religionsgemeinschaften und ihre
Entlassung in die Marktwirtschaft: Einsteiger-
Package: Taufe, Erstkommunion und Firmung
zum Sonderpreis.
Beicht-Abo zum Pauschalpreis: Beichten Sie
soviel Sie wollen und sooft Sie wollen in einer
Kirche Ihrer Wahl.
Jetzt schon anmelden! Exclusive Fußwaschung
durch den Bischof mit anschließendem Drei-
Hauben-Abendmahl.

Unsere neue All-inclusive-card öffnet Ihnen alle
Kirchentüren -mit Erlösungsgarantie!
Heizen Sie mit Holz aus Kirchenwäldern natur-
und gottesnah. Auch mit feinem Weihrauch-
aroma erhältlich.

Alles muss raus! Gebrauchte Heiligenscheine,
sehr selten, die meisten Exemplare nur wenig
getragen. Riesige Wühlkiste mit allen Arten von
echten Scheinheiligenscheinen.

Rechtzeitig bestellen: Echte Tränen des Pfarrers
bei Begräbnissen, das Stück zu 5 Sesterzen, zwei
Stück 8 Sesterzen.

Abendkurs: Wie verdiene ich mehr Geld als alle anderen, ohne dass Gott auf mich böse ist. 10 Seminar-Einheiten zu je 2 Stunden, Einschreibgebühr 10.000 Sesterzen. Eine Investition, die sich lohnen wird.

Mann des Kreuzes, bösartiges Dickerchen, viele Jahre hindurch Sklave der Völlerei. Schillernd, von tiefer Furcht über seine eigene Abgründigkeit erfüllt, verlangt seinen Untergebenen ebensolche bedingungslose Unterwerfung ab, wie er gemeint hatte, sie leisten zu müssen. Ein Lehrbeispiel von Fundamentalismus.

Jede Vereinigung von Menschen erfüllte ihn zuerst - vom Gedanken beseelt, was alles gemeinsam besser zu erreichen möglich wäre - einmal mit Begeisterung. Doch wenig später –wenn mit Gewalt die auf natürliche Weise widerstrebenden Meinungen zusammengezwungen wurden- empfand er abgrundtiefen Widerwillen, wandte sich fort oder zog sich zurück. Ein paar Male vom Schicksal gebeutelt. Während die anderen mit den Jahren in ihren Ämtern und Würden wuchsen, wird er immer kleiner und denkt sich bisweilen: „Ich gäb´s jetzt schon billiger!". Doch da war er schon ganz alleine.

Das Übel der Politik: Egal für welche Sache man sich einsetzen möge, und sei sie (angeblich) noch so gut, man geht dabei Koalitionen mit Menschen ein, an die man sonst nicht anstreifen möchte.
Dazu die Alternative: Nichts zu tun und am Ende ausgerechnet diesem Vorwurf ausgesetzt zu sein.

Das Geschlecht der Blunzberger wurde durch eine große Charakterfertigkeit begründet: In bedrängter Vorzeit gingen in der Stadt die Lebensmittel zur Neige, aber dank seiner guten Beziehungen zum örtlichen Feldlazarett gelang es Fleischermeister Berger, einen gangbaren Ausweg zu finden. Dies geschah mit Zustimmung mittlerer und höherer Stellen, wurde doch damit der Aderlass, den der Krieg dem Volke ständig zufügte, ein wenig gemildert. Die Fleischerei Berger wurde umgetauft zum Blunzberger, später eine AG und als solche im weiten Umkreis bekannt. Einer der Söhne des Gründers machte in Amerika Jahre später eine beachtliche Karriere als reitender Darsteller in TV-Serien, ein zweiter starb 20jährig in einer Kurve, die damals nur Tempo 80 vertrug. Seine Tochter Sigmelda heiratete in die Destillierfamilie Neidl ein und brachte zwei Erben zur Welt. In ihren gesellschaftlichen Kreisen war sie vor allem eine talentierte Schubert-Lieder-Interpretin. Ihrer Lustschreie wegen wurde sie sogar noch in höherem Alter von den Männern gerne aufge-sucht.

Jakob Gründel VI. aus der Dynastie der Hofärzte, von Geburt an bestimmt, Krankheiten zu erforschen und finden. Mit 55 hatte er alle seine Vorfahren übertroffen. Nach ihm benannt sind:
1. Das Gründel-Symptom, ein ganz besonderer geistiger Defekt bei Kleinkin-dern,
2. Das Gründel´sche Fieber, eine subtro-pische Infektionskrankheit,

3. Der Gründel´sche Pigmentfleck, die Degeneration der Haut von Eskimos bei starker Sonneneinstrahlung,
4. Die Gründel-Leber, eine besondere Art der Organveränderung bei Whisky-Trinkern,
5. Die Gründel-Lähmung, hervorgerufen durch einen blutsaugenden Parasiten, der erst im vergangenen Jahrzehnt entdeckt wurde.

Nachdem die Regierung Gründel VI. den Wunsch nach einer eigenen Klinik versagt hatte, gründete er mit Unterstützung einer internationalen Kapitalgesellschaft eine Reihe von Privatsanatorien. Hat bereits jedem seiner drei Kinder ein vielversprechendes Symptom mit in die Wiege gelegt, das nach seiner wissenschaftlichen Bearbeitung für die eine oder andere akademische Existenz reichen müsste.

Unheilbare Krankheiten:
Lungenprellung, Herzverstimmung, Wandernabel, Blasenhochdruck, Frustseuche, Lippenstillstand, Nasenkolik, Darmflattern, Gedankenkrämpfe, Brustwarzenflimmern.

Doktor Wendelin Zwinkerzeh, begnadeter Vertreter seines Standes: Begrüßung und Verabschiedung gibt es auf Krankenschein, die Selbstheilung des Patienten wird als eigene Leistung auf Sonderhonorar verkauft. Selbst die Sterbenden lächelten ihn noch dankbar an.

Die rührende Geschichte vom Lebens- und Arbeitsleid eines Politikers:
Während andere abends daheim in ihren Polstersesseln vor dem TV lümmeln, eilt er in

dunkler Limousine von Termin zu Termin. Von seinen durchschnittlich zwei Arbeitsessen täglich hat er chronisches Sodbrennen; trotzdem geht es unter drei Imbissen mit Schnaps und Bier am Abend nicht ab. Sein Übergewicht ist ihm gleichsam aufgezwungen.

Damit seine Kinder nicht angepöbelt werden, muss er sie in eine teure Privatschule schicken. Um seinen Wohnsitz zu errichten, benötigt er aus Sicherheitsgründen statt einer ganze drei Bauparzellen. Aufgrund seines übergroßen Arbeitspensums sieht er seine Familie nur selten, mit seinen Kindern telefoniert er dafür täglich eine halbe Stunde. Die sexuellen Bedürfnisse befriedigt in den kurzen Arbeitspausen eine mitfühlende Dame aus dem Beraterstab. Kein Wunder, dass er mit seinem Bezügen nicht zurande kommt, dass ihm, wenn er spätnachts heimkommt und er einsam am Küchentisch sitzt, ihm die Verzweiflung ins Gesicht geschrieben steht.

Politische Günstlingswirtschaft: Zum einen Machtdemonstration, wenn einer mit weniger Leistung und mit weniger Hirn zu höheren Funktionen gelangt. Zum anderen die Rache der Mittelmäßigkeit.

„Politiker wollen nicht nur gewählt, sondern auch geliebt werden." (Das Äußerstmögliche an Unverschämtheit)

Politischer Fliegengewichtler, Intelligenzbestie, Scheiß-mi-nix, Zeichner von Karikaturen seiner Kollegenschaft, Bergaufturner. Mit Hüftaufschwung in die höchsten Ämter. Sein Ende als

Strichmännchen der Geschichte eine reine Zeit-
frage.

Blendgestalt des rechten Lagers. Anschauungen
im Retro-Design: Der Vorkriegscharakter hat
wieder Saison. Nie auf Distanz, stets zweideutige
Signale. Als Bübchen schlau, im Mittelalter eher
krampushaft, - welche Einsichten sind im Alter
noch möglich?

Teil einer Regierung: Rasch zusammenge-
trommelter Haufen von politischen Lands-
knechten und Söldnern, geeint durch ein paar
diffuse Feindbilder und eine Zentralfigur.

Politischer Bluthund, je nach Bedarf in der
zweiten oder dritten Reihe, unter seinem
Bärtchen von etlichen Schmissen und
Schrammen gezeichnet. Jederzeit bereit, auf
Befehl zuzubeissen. Fette Haare, glänzende Haut
dazu zwei rote pausbackige Wängelchen.

Die Lust zur nackten Bösartigkeit glitzert in
seinen Augen. Politische Grimasse, abgründiges
Feixen. Zurechtbieger der Fakten in verblüffender
Schamlosigkeit. Wahrheit und Lüge sind abge-
schafft; es zählt nur mehr das, was im Augenblick von Vorteil scheint. Kloakenmund.

Verkrachter Arzt, zum Landespolitiker mutiert,
hält seine Rülpsereien für politische Meinungs-
äußerung. Nachdem er einmal vor aller Augen
gebogen wurde, entwickelt er ein Rückrat ähnlich
einer Slalomstange, gleichzeitig nimmt die
Heftigkeit des Luft-Ablassens zu.

Mittelmäßiger, labiler Mensch, insgeheim zum Radikalismus bereit. Jahrelang unauffällig, von den umgebenden Berufskollegen gestützt. Einige Zufälligkeiten später weit nach oben gespült. Schäumt in einem Alter, wo man normalerweise von gelebten Einsichten bereits leben kann, auf Bedarf wie frisch gezapftes Fassbier.

Steigert sich selbst in Wortkaskaden wie eine tollgewordene Flipperkugel, die, einmal unkontrollierbar geworden, herumflitzt, bis sie plötzlich kraftlos abstürzt. Intelligenz von jener Art, die immun gegen Alzheimer ist.

Aus dem Vortrag des Herrn Programmintendanten bei einem Seminar in Neu-Aichen: Heimatfilme werden im Abendprogramm besonders nachhaltig aufgenommen, wenn in den Nachrichten zuvor grausame Flüchtlingsschicksale dargestellt werden. Eine übergeordnete Akkordierungsgruppe, bestehend aus je einem Vertreter von Werbung, News und Unterhaltung wird eilends installiert.

TV-Nachrichten: Inszenierte Aufgeregtheiten aus aller Welt. Künstliche Bewusstseinserregung, ähnlich wie Keuchen, ohne sich angestrengt zu haben.

TV-Diskussion: Eine öffentliche Expertenerregung. Wortüberfälle. Ganglienexhibitionismus. Der Argumentationshöchststand wird erreicht. Sprechblasen zerplatzen, ehe sie begriffen werden. Was bleibt, ist die befriedigte Selbstgefälligkeit der Akteure beim Auseinandergehen.

Neue Programmschiene im heimischen TV: Mit menschlichem Antlitz, in überschaubarer Größe, kein Satz länger als 7 Worte, für jedes ausgesprochene Fremdwort gibt es 10% Gehaltsabzug, nie mehr als 3 Personen gleichzeitig im Bild, um eine breitgestreute Aufnahme zu ermöglichen. Sammelbegriff: Gemütliches Beisammensein.

Wer kennt ihn nicht? Er sendet uns stündlich die Nachrichten:
Der österreichische Unfug.

Wer rumort im ORF-Loch? Es sind die Küniglzwerge.

Der freundliche TV-Arzt rät allen über 65jährigen zu regelmäßiger sexueller Betätigung. Freilich verlängert er damit die Orgasmus- und Frigiditätsprobleme aller jener, die endlich gehofft hatten, dass sie keine mehr zu brauchen hätten. Doch auch für diese neuerdings Unglücklichen wird sich Trost und Rat von berufener Seite finden.

Kaffeehausgeher, liest jeden Vormittag 2 Stunden gründlich in Zeitungen, mischt sich nirgendwo ein; keiner erfuhr je, was er sich dachte. Des öfteren jedoch geschah es, dass, nachdem er das Lokal verlassen hatte, eine unter dem Zeitungsstapel eingesperrte Fliege verzweifelt surrte.

Warum ist jener oberflächliche Mensch so beliebt? Macht sich wichtig, erzählt erfundene Geschichten zu Ende, obwohl ein jeder weiß, dass er ein Hochstapler ist? Warum hört man ihm geduldig zu und borgt ihm auch noch?

Er gibt seinem Gegenüber stets das Gefühl, wichtig zu sein. Da verzeihen die meisten nur allzu gerne.

Drei völlig unterschiedliche Fragen, die besonders schwer zu beantworten sind:
- Nach wie vielen Monaten darf ich meinen Mann abstillen?
- Darf ein Nachrichtensprecher auch manchmal die Wahrheit sagen?
- Soll der Artenschutzgedanke vor dem Grippevirus halt machen?

Hofadjunkt Cryspin von Korks, staatlich geprüfter Bereiter, investiert sein ganzes Vermögen in die Züchtung von Zwerg-Lippizanern. Im Jahre 2180 werden die Urururenkeln das Ziel des Geschlechts von Korks erreicht haben und als einzige über diese weltweite Besonderheit verfügen. Nur mehr die Fortschritte der GenTechnik könnten ihm einen Strich durch die Rechnung machen, weshalb er neuerdings auch schlechter schläft.

Begründung eines Institutes –möglichst schräg gegenüber der philosophischen Fakultät- für allgemeine Menschheitsprobleme. Lehrstuhl für angewandte Problemforschung und Grundsatzfragen. Was ist ein Problem?
Wer war zuerst –das Problem oder die Lösung? (Kantianer: Die Lösung!)
Der Mensch ist das Produkt seiner Probleme. (Marxisten)
Durch das Problembewusstsein wird ein Problem bewältigbar, indem es auf alle gleich aufgeteilt wird. (Sozialisten)

Die fachgerechte Entsorgung der Probleme ist die
Lösung. (Grüne)
Die Probleme der Menschheit sind theoretisch zur
Gänze gelöst. (Positivisten)
Die Probleme sind unlösbar.(Pessimisten)
Die Probleme sind nicht erkenn- und beurteilbar.
(Agnostiker)
Die Probleme sind unwesentlich. (Ignoranten)
Gibt es überhaupt ein Problem? (Zweifler)
Es gibt ausschließlich das eine große Problem.
(Fundamentalisten)
Bestreitet das Problem und folglich seine Lösung.
(Existenzialisten)
Die Nachbarn sind das Problem und dort liegt
auch die Lösung. (Nationalisten)
Die Welt liegt im Argen, daher die Probleme.
(Moralisten)
Mit innovativen Lösungen lassen sich alle
Probleme über kurz oder lang konsumieren.
(Kapitalisten)
Interdisziplinäre Problemwissenschaft, zuletzt
drängen verschiedene Berufsgruppen hinzu:
Wie verteile ich die Probleme schnellstmöglich
und effizient? (Wirtschaftsuniversität)
Solange ich die Lösungen verdränge, geht es
meinen Problemen und mir nicht gut.
(Freudianer)
Lernen Sie mit Ihren Problemen zu leben, das ist
die Lösung. (Psychotherapeut)
In jedem Bundesland werden Problemsammel-
stellen errichtet. (Sozialministerium)
Was kommt nach der Lösung aller Probleme?
(Zukunftsforscher)
Die Probleme werden übermalt/verpackt.
(Bildende Kunst)

Das Problemquintett/Die Lösungssymphonie. (Musik)
Ich bin ein Problem, das der Lösung harrt, ergo sum. (Psychologe)
Die wahren Probleme sind im Hals. (Dümmlicher Liedersänger)
Tag des Problems. (Regierung)
Die Regierung ist das Problem. (Opposition)

Als Junger meinte er, auf Grund seiner Erkenntnisse die Menschen ändern zu können. Etwas später merkte er, dass außer ihm selbst sich nichts geändert hatte. Zuletzt sah er ein, dass er letztlich nichts ändern konnte und froh sein durfte, wenn seine eigene Existenz gesichert war.

Jugend:
Wollen, Können, viel Zeit. Aber nicht wissen, wie.

Mittelalter:
Wollen, Können und Wissen. Aber keine Zeit.

Alter:
Wollen und Wissen wie, zu viel Zeit. Aber nicht mehr Können.

Hohes Alter:
Nicht mehr Können, nicht mehr wissen wie. Ende des Wollens. Zeit auch schon um.

Lebenslauf: Siegfried Powidl war zweitundvierzigster Offizier der Leibstandarte des Führers und –wie ein Kriegsverbrecherprozess enthüllte– zugleich ein wagemutiger Widerstandskämpfer. Mehrere ehemalige Kameraden bezeugten unter

Eid, der Führer habe jedes Mal, als er Powidl ansichtig wurde, unwillig gemurmelt: "Schon wieder dieser P. mit seinen Interventionen!" Unzählige Asoziale, Zigeuner, Epileptiker, Neger, Syphilitiker, Künstler und Krüppeln wären durch seine Fürsprache vor dem sicheren Tode bewahrt worden. In die Gerichtsprotokolle fand weiters Eingang, dass er am 14. Juni 1943, während eines überaus heftigen Wolkenbruches, eigenhändig einem Regenwurm das Leben rettete, indem er ihn vom Gehsteig ins Gras setzte.

Nach diesen überzeugenden Argumenten verließ Powidl als freier Mensch das Gericht und übernahm kurze Zeit später die Personalführung der „Oger Gas-Stahl AG". Sein Herz gehörte vor allem viele Jahre hindurch dem Brauchtumsverein „Walhalla", dem er 26 Jahre lang als Präsident vorstand. Er galt stets als väterlicher Freund und Förderer des vielversprechenden Nachwuchses.

Arianus Schwatz, Runenmaler und Flachlandbumser.
Saufried Bletz, gefürchteter Friedhofsschänder.

Marina, mit süßen 17 Jahren eine der schönsten im Nobelbad. Der Fotografenfaun vom KleinenBilderBlatt umschlich sie tagelang und in der Tat gelang es ihm, einige Fotos von ihr auf der steilen Seite zu placieren. Im folgenden Jahr hatte sie mit dem Sohn eines Wurstfabrikanten eine innige Verbindung. Die Firma ging später in Konkurs, der Sohn ins Ausland und Marina begann, Unmengen von Schokolade zu essen.
Knappe 60 Jahre später wird an ihrem offenen Grabe die Straßenbahnermusik für die ehemalige Kollegin Abschiedsweisen intonieren.

Albu Doud begeht in aller Frische sein 60jähriges Jubiläum als politischer Gefangener. Er war mit mehreren hundert anderen nach einem Attentat auf den damaligen König Memem von Kertassi ins Gefängnis geworfen worden, wo er seither auf seinen baldigen Prozeß hofft. Hat seit 60 Jahren in seiner Einzelzelle keine Zeitung, kein Buch zu Gesicht bekommen.
Die nunmehrige Republik von Kertassi kann ihn nicht entlassen, da sein Einweisungsakt nicht auffindbar ist. Aus den selben Gründen ist eine Begnadigung nicht möglich. Im Justizministerium wurde nunmehr eine eigene Kommission eingerichtet, die zweimal jährlich zusammentritt, um einen neuen Gesetzesentwurf zu diskutieren, wonach sogenannte Fundhäftlinge, das sind Häftlinge, die ohne entsprechende Akten aufgefunden werden, unverzüglich auszusetzen wären. Da aber gegen diese Maßnahme Bedenken bestehen, insbesondere wegen der daraus resultierenden Rechtsunsicherheiten, wie Schadenersatz, werden die Beratungen noch einige Zeit andauern.
Auch die Gefangenenfürsorge kann wenig für ihn tun, da es ihn aktenmäßig nicht gibt. Er ernährt sich von den Resten aus der Gefängnisküche und feiertags von Schaben und anderen Insekten.

Transparent bei einer Charity-Veranstaltung: „Erst wenn der letzte Baum gerodet ist, werden sie erkennen, dass man Geld nicht essen kann!"
„Wie primitiv. Bevor wir weiter unser Geld herschenken, sollte klar gemacht werden, dass Geld wirklich nicht zum Essen da ist, dass man

sich mit Geld aber sehr wohl etwas zum Essen kaufen kann!"

Gefährlicher Gedanke: Millionen von Spenden finden ihren Weg in das von Hungersnöten heimgesuchte Gebiet und lindern die ärgste Not. Viele der Überlebenden werden in den darauf folgenden Jahren während des Bürgerkrieges zu Tode kommen.

Wer im Treibhaus sitzt, soll nicht nach Effekten haschen.

Es bedurfte der Kraft von 6 ausgebildeten Gendarmen, um Eberhard Grimsel im Gasthaus „Zur hellen Birne" zur Räson zu bringen, nachdem er einiges Mobiliar und die darauf sitzenden Gäste beschädigt hatte. Sein Jugendfreund Arnulf Dackmeier, genannt die „Oberösterreichische Tanne", erledigte hingegen die vollkommene Zerstörung mehrerer minderwertiger Menschen entsprechend seinem Filmdrehbuch mit solcher Überzeugungskraft, dass ihm bei den ´Äkschn-Filmfestspielen´ die ´Goldene Liane´ verliehen wurde.

Beschreibung: Sein Gesicht bestand aus einer Ansammlung von fragwürdig aussehenden Sinnesorganen.

PR-Pflege eines Produktionsbetriebes: Zwei ausgewählten Arbeitern von einer Reinigungsfirma werden Stangen in die Hände gedruckt, sie müssen ihr Gesicht einer am Boden stehenden Halogenleuchte zuwenden. Hinter ihnen befindet sich der sich der computergesteuerte Hochofen.

Da die beiden mehrere Tage hindurch für verschiedene Reportagen abgelichtet werden, hat ihnen die Direktion die kostenlose Eindeutschung ihrer Oberlippenbärte finanziert. Schicht-, Hitze- und Gefahrenzulagen werden solidarisch auch den 500 Büroangestellten der Firma zugesprochen. Dem Betrieb soll durch die Imageverbesserung ein lang anhaltender Erfolg beschieden sein.

Mensch in besonders gefährlichem Alter: Hatte keine Malzähne mehr, dafür aber intakte Reiß- und Schneidezähne.

Schulaufsatz: „Alkohol – Der Freund des Menschen"
Alkohol fördert Ideenreichtum und Freundschaften. Wirkt als Aufbaumittel für Mutlose. Steht zumeist am Beginn sexueller Kontakte. Ist Schlafmittel, tröstet die Einsamen und die Kranken. Schafft Arbeitsplätze in Landwirtschaft, Industrie, Handel und Gastgewerbe, zuletzt auch in Spitälern und Sanatorien.

In der Schule hörten wir: Wissen ist Macht. Wie habe ich mich in meinem späteren Leben krumm gelacht!
Die meisten Leute sind dermaßen strohdumm, dass sie absolut nicht verstehen. Die wollen einfach nichts wissen. Oder sie lehnen Wissen aus Angst ab. Wissen nutzt nichts. Wissen schafft Ablehnung. Wissen ist unheimlich. Wissen ist blöde. Und Wissen ist absolut nicht cool.
Es kommt vielmehr die Haltung „*Kein Wissen dieser Welt kann meine Eingebildetheit erschüttern*" an.

Und für den Alltag genügt es schneller zu sein,
als die anderen, beim Zugreifen im Supermarkt
des Lebens: Wieselflinkheit, gepaart mit etwas
Rücksichtslosigkeit.

Einstmals hatte ich gehofft, wenn alle die üblen
Geister und deren zugehörigen Gesichter, die
meine Kindheit und Jugend beeinträchtigt haben,
erst einmal gestorben sind, eine bessere Welt vor-
zufinden, in der man sich unbefangen bewegen
kann. Wie groß war meine Enttäuschung, als ich
dieselben Gesichter an denselben Plätzen neuerlich vorfand, nur verjüngt, denn es waren
nunmehr die Kinder da, die ihren Vorvätern
immer ähnlicher geworden waren.
Ich merkte zu spät: Bloß abzuwarten, das war
zuwenig.
Was wäre zu tun gewesen?
Mit welchem Recht die Widersacher von vorne
herein zu übertönen, niederzureden, oder abzu-
drängen?
Von bleibender Wirksamkeit kann nur die echte
Überzeugung gelten.
Tausend Leben möchten nicht ausreichen für die
Beredsamkeit, die selbst für kleinste Änderungen
zum Besseren erforderlich wäre.

Jede Generation ist auf ihre Weise die Vollendung
ihrer eigenen Narrheiten.

Warum erkennt der Mensch zumeist erst im
Nachhinein, wann er dem Paradies am nächsten
war?

Wann ist ein Mensch als endgültig gescheitert zu betrachten? Wenn er vollkommen sicher ist, entweder alles oder nichts erreicht zu haben.

Die übliche Lebensbilanz: Sich zu jeder Zeit den Nichtigkeiten der Zeit angedient zu haben.

Es gibt nichts, das im Grunde dermaßen zweifelhaft wie lächerlich ist, wie ein *Erfolg*.

Allen voran eine Sache ist es, die die Jungen mit den Alten eint: Die Angst.
Die ersteren fürchten sich vor dem Leben. Die zweiten vor dem Tod.

Ehrenvolle Aufgabe: Im Tode recht zu behalten. (Wenn es zum Beispiel jemanden nicht 10 Meter davor oder danach, sondern exakt auf dem Fußgänger-Übergang erwischt. Titel: Gerechter Erstreiter eines Vorranges in alle Ewigkeit.)

Das wahre Happy-End: Der eigene Tod.

Wenn es ein Leben nach dem Tode gibt, was geschah dann mit uns vor unserem Leben?

Ein ganz großes Unglück: Noch Pickel und gleichzeitig schon Glatze zu haben.

Es gibt nichts Gutes, es sei denn, man unterlässt es ganz und gar, überhaupt etwas zu tun.

Nach seinem Tode rieb er sich die Augen und fragte: „Habe ich mein Leben tatsächlich nur geträumt?"

Willst du auf besonders charmante Weise recht
behalten? Dann sieh zu, dass du deine Gegner
überlebst.

Wer sagte da noch zuletzt `Mehr Licht auf mich´?

Vorletzte Worte: „Ich bin mit der Arbeit noch
nicht fertig.“

Allerletzte Worte: „Es geht mir schon viel besser.“

<u>**Anhang 2:**</u>

<u>**KUMPANIEN**</u>

Der Korrespondent einer südeuropäischen Zeitschrift bereist einige Wochen lang das Land Kumpanien. Fragt anlässlich eines Empfanges neidvoll in die Runde: „Kollegen, eines verstehe ich nicht: Warum gibt es hierzulande so gar keinen Platz für die ˋEhrenwerte Gesellschaftˊ?"
Betretenes Schweigen, nach einiger Zeit tritt einer aus der Runde auf ihn zu, nimmt ihn beiseite und raunt ihm ins Ohr: „Ganz einfach: Wir selbst sind sie. Wir alle."

Die Heimat meiner Alpträume setzt sich aus zwei Begriffen zusammen: Kumpanien und Apathien.
Kumpanien ist durch die ungeheure Verhaberung seiner Bewohner ein Ort von solch totalitärer Durchdringung, wie es bisher keine Diktatur je zu sein vermochte.
Es ist jener Platz, an dem die Gerissenheit und Dummschlauheit bis ans Ende aller Tage festgeschrieben sind.
Es ist das Land, in dem die größte aller Demütigungen möglich ist: Wo Dich diejenigen, die Du soeben angegriffen hast, einfach zu loben und feste zu umhalsen beginnen. Dass sie Dich dabei so lange anschwitzen, bis Du genauso riechst, wie einer von ihnen, ist beabsichtigt.

Es ist das Land der Windbeuteln, in denen ein führender Konservativer sagen darf: Die Wahrheit ist eine Tochter der Zeit. Und niemand fragt ihn, wie dieser Satz gemeint sein kann, wo er doch jeden Sonntag die Kirchenbank drückt, welche Wahrheit da für ihn gilt. In Kumpanien ist die Wahrheit seit Jahrhunderten ein Kind konservativer Windbeutelei.

Die Bundeskanzler waren allesamt Gaukler, spiegelten christlich-konservative Werte vor, ehe sie sich nach ihrer Ränkepolitik zu ihren Freundinnen legten. Die Sozialisten, deren gelehrige Schüler, spiegelten uns Sozialismus vor, währenddessen sie zuvorderst für ihren eigenen Aufstieg sorgten und nebstbei ihre ganze Autorität in politischen Intrigenspielen einsetzten.

Deren Finanzminister? Größtenteils Schnapp-
hähne, von jener Sorte Mensch, die selbst den
30jährigen Krieg mit Gewinn überstanden hätte.

Kein Land auf dieser Welt hat sich vorher oder
nachher so vollständig zum Nationalsozialismus
bekannt und später davon so leichten Herzens
distanziert, wie dieses. Wir müssen erkennen: In
diesem Land ist die politische Unverfrorenheit
eine besondere Kategorie.

Das Erbe der vergangenen Generationen der
Kumpanier ist ihre Gebrochenheit durch den
Glauben an das Vorhandensein höherer Mächte,
seien diese nun feudalistischer, kirchlicher oder
politischer Natur. In den meisten Fällen besteht
dieser Glaube aus einer Mischung aller drei
Komponenten.

Angesichts der hochgradigen Durchseuchung des
Landes kann man ruhig sagen: Es gibt im ganzen
Lande fast keine Familie, die mit einem dieser
Übel nicht direkt in Berührung gekommen wäre.
Hätte man zum Beispiel alle Kumpanier, die einst
dem nationalsozialistischen Gedankengut hul-
digten, nur für ein paar Jahre aus dem Verkehr
gezogen, wäre eine Gefängnismauer um das
ganze Land die zweckmäßigste Lösung gewesen.
Das war den damaligen Siegermächten aus
humanitären wie finanziellen Gründen nicht
möglich. Vielleicht meinten sie auch, dass in der
Mitte Europas der eine oder andere kleine
Gaunerstaat durchaus zu ertragen sei.
In der nun folgenden Gehschule in Sachen
Demokratie unter Aufsicht der Besatzungsmächte
und im Soge des allgemein wachsenden Wohl-

standes verlegten sich die kumpanischen Parteien auf die unverblümte, weil direkte Einmischung bei der Vergabe von Arbeitsplätzen und Wohnkrediten, um so an Einfluss über die Wähler zu gewinnen. Dass das dafür notwendige Geld ihnen selbst zuvor über die Steuern weggenommen werden musste, störte keinen Kumpanier, solange er sich im Glauben wiegen durfte, mehr herauszubekommen, als er einzahlte.

Diese Geschichte zeigt uns, dass der Kumpanier schon lange vor der Einführung des Zahlenlottos befähigt war, grenzenlos naiv zu denken: Nämlich, dass die eine oder andere Partei, oder gar der Staat selbst in der Lage wäre, Geldgeschenke an seine Bürger zu verteilen.
Diese Lüge musste natürlich an dem Tag ein Ende finden, an dem der allgemeine Wirtschaftszuwachs nicht mehr in dem Maße stattfand, um diese Manipulationen zu verschleiern. In den Zorn hinein, wieder einmal betrogen worden zu sein, wich ein großer Teil des kumpanischen Wählervolkes dorthin aus, wo sich die meisten seiner Vorväter schon einmal befunden hatten: weit nach Rechtsaußen.

Die Rechten in Kumpanien haben entsprechend ihren eigenen Angaben aber mit den Nazis nichts mehr gemein: Auch wenn sie wie die Nazis reden, wie die Nazis denken, die Nazis verherrlichen, sich mit ehemaligen Nazis gerne umgeben und die hochgradigen Ex-Nazis in ihren Reihen die Ehrenämter von Anbeginn innehatten. Dass alle diese Zufälligkeiten noch lange nicht zwingend den Schluss nahe legen, es handle sich bei den

Beschriebenen um Neo-Nazis, diese Ansicht bestätigt bereits teilweise die kumpanische Judikatur.

Wir vermeiden es aus juristischen Gründen dieser interessanten Perspektive zu widersprechen und wollen die Angelegenheit von einer anderen Seite her betrachten:
Die Rechten vereint ihre radikale Betrachtungsweise, indem sie meint, die Gesellschaft gehöre grundsätzlich verändert. Zu einer Bewegung mit Dynamik wird sie durch ihre gemeinsame Feindbilder gemacht, die beliebig hervorgezogen werden und auf die mit großem Vergnügen in allen Tonarten hingedroschen wird. Gleichzeitig ist die Partei auf wenige Persönlichkeiten zentriert, dass in ihrem Inneren autoritäre Züge wirksam werden. Dies erfordert einen besonders hohen Anpassungsdruck, aus dem eine Aggression entsteht, die sich am besten nach außen auf das gemeinsame Feindbild hin entlädt. Dieses Verhalten entspricht am ehesten dem einer Meute, welche den jeweiligen Gegner mit List und Tücke hetzt, wobei keiner der Jäger Ermüdung oder Ermattung zeigen darf, weil es ihm sonst selbst an den Kragen gehen könnte.
So begegnen wir neuerdings wieder dem Wölfischen in der Politik. Und der Meute, der vom Leittier ein Opfer präsentiert wird, welches im Trott und mit hängender Zunge gehetzt wird.

Klar ist auch, dass sich in einer solchen Gemeinschaft nur ganz bestimmte Charaktere wohlfühlen, nämlich diejenigen, die aus Elternhäusern stammen, in denen sie die autoritären Mechanismen als traditionell erlebt haben und

daher in der Partei sofort ein Stückchen Heimat-
geruch wiedergefunden haben.

Wenn ein staatseigener Betrieb, wie der Kumpanische Rundfunk, seit 25 Jahren fast jedes
Wochenende einen oder sogar mehrere Filme aus
der Nazi-Zeit mit der entsprechend verbrämten
Ideologie zeigt, macht er damit natürlich noch
lange keine Propaganda für die Nazis. Vielmehr
wird er seinem Bildungsauftrag gerecht, für den
er sich stolz aufplustert, der ihn als Mono-
polisten legitimiert und für die der Zuseher auf
gesetzlicher Grundlage auch noch gutes Geld
hinzulegen hat.

Der Schauspieler-Clan, der sich in den Nazi-
Zeiten goldene Nasen verdient hat, lebt in seinen
Kindern und Enkeln selbst heute noch gut von
der damals gewonnenen Popularität. Nach dem
Ende des Regimes erfuhr das staunende Publikum von dem Widerstand einzelner Persönlichkeiten, der beinahe zu Gefängnisaufenthalten
geführt haben soll. Die Wahrnehmungsmög-
lichkeiten sind höchst unterschiedlich, das wissen wir alle und dem müssen wir uns beugen.
Unerträglich ist jedoch der Gedanke, dass die
einen, wenn sie nicht Hals über Kopf flüchten
konnten, dermaßen vernichtet wurden, dass
nicht einmal ihre Asche übriggeblieben ist. Und
die anderen, die in derselben Zeit den Grundstein
zu ihrer Popularität gelegt haben, dürfen uns
ungestraft etwas weismachen von ihrem Widerstand!

Kumpanien ist nämlich das Ursprungsland des
Sophismus, der Spitzfindigkeit. Hier wäscht man

sich noch täglich, ohne sich je den Pelz dabei nass gemacht zu haben. Wenn der Kumpanier beispielsweise für eine Sache das Wort `immerwährend´ gebraucht und dazu ein Gelöbnis ablegt oder Verträge mit diesem Wort abschließt, dauert es keine 45 Jahre, bis die Sache vollkommen vergessen und unerheblich, ja lästig geworden ist. Schließlich –so erinnern wir uns- haben im vergangenen Jahrhundert, im März des Jahres 1938 99% der Bevölkerung für eine politische Entwicklung gestimmt, deren erstes Opfer –wie sie uns später wortreich erklärten- sie selbst waren.

Natürlich kann man zur Entschuldigung der Kumpanier einwenden, dass 600 Jahre Unterdrückung durch eine emporgekommene Raubritterclique, gefolgt von mehreren Aufständen und Umstürzen das Rückrat und die Moral jener, die im Lande geblieben sind, aufs Nachhaltigste untergraben haben.
Ganz Kumpanien ist durchtränkt von übelster Scheinheiligkeit: Die Mehrheit seiner Bevölkerung bekennt sich am Papier zum Christentum, ist aber schon seit Generationen nicht mehr willens, die eigenen Glaubensgrundsätze, wie etwa die zehn Gebote auch nur im entferntesten einzuhalten. In dieser Haltung wird die Bevölkerung von einem Gutteil des Klerus unterstützt, der lieber jeden beliebigen Gewalttäter an den kirchlichen Handlungen teilhaben lässt, als jemanden, der zum zweiten Male verheiratet ist.

Die Repräsentanten des öffentlichen Lebens sind, ganz besonders wenn sie sich nach außen hin auf die Seite der Kirche gestellt haben, sakrosankt. Ein ungeschriebenes Gesetz besagt hierzulande, dass das Privatleben der im öffentlichen Leben Stehenden tabu zu sein habe.

In Folge bedeutet dies, dass der Betreffende völlig im Gegensatz zu dem, was er darstellt und wofür er vielleicht eintritt, privat handeln darf: In Kumpanien darf ein Homosexueller gegen die Homosexualität wettern, ein guter Christ darf neben seiner Familie durchaus noch eine Freundin mit Kind sein eigen nennen und der Befürworter einer sittenstrengen Kultur mag privat Umgang mit der Halbwelt pflegen. In diesem Lande wird sich niemand wundern, wenn einer, der uns nüchtern für engagierten Liberalismus überzeugen möchte, sich im trunkenen Zustande an nationalsozialistisches Gedankengut anlehnt und als letztes Argument die Rechte zum Gruß hochreißt.

In Kumpanien wird seit urdenklichen Generationen Wasser gepredigt und Wein getrunken. Als erstes lernen Kumpaniens Kinder deshalb, dass man durchaus Dinge einfordern kann, die man selbst nie zu erfüllen braucht, dass sich Schein und Sein aus gutem Grunde reimen.

Man nennt Kumpanien das Land der Doppelbödigkeit. Mit der Erkenntnis der menschlichen Schwächen an sich und ihrem Verzeihen, wie dies gerne feinsinnige Betrachter aus den Nachbarländern hineininterpretieren wollen, hat dies absolut nichts gemeinsam; die kumpanische Doppelbödigkeit ist keine neue Form der Erkenntnis unserer Welt, sie ist in ihrer Charakter- und Rückratlosigkeit abgründig und sonst nichts.

In weiten Landesteilen dominiert auch heute noch der Großgrundbesitz von Kirche und Adel und dort, wo es ihn nicht mehr gibt, sind die Republik und ein paar privilegierte Einzelpersonen auf den Platz getreten. Jeder, der in diesem Lande lebt, hat sich mit den oftmals herrschaftlichen Besitz- und Machtverhältnissen abzufinden. Gewirtschaftet wird in Kumpanien seit jeher mit dem von den Mächtigen Übrig-Gelassenen. Das ganze Land steht jedweder Veränderung schon alleine der eigenen Unsicherheit wegen ablehnend gegenüber. Ebendiese Unsicherheit ist es, die den Einen den Anderen auf das Genaueste beobachten lässt, die es nicht zulässt, dass sich ein Zusammenschluss von Kräften bilden kann. Die Unbeweglichkeit im ganzen Lande besteht in der Zersplitterung seiner Kräfte durch gegenseitige Missgunst und Neid zum Nutzen der Obrigkeit. Diesen Teil Kumpaniens bezeichne ich als *Apathien*.

Bedeutende Reste von obrigkeitlicher Form gibt es in den Landesteilen, wo sich jeweils ein so genannter Landeshauptmann gebärdet. Während seine Funktion außerordentlich gut bezahlt ist, ist er selbst in der Tat überflüssig und unnütz. Gerade deshalb findet er sich bei der Eröffnung eines jeden Straßenteilstückes, Sesselliftes oder Spitalgebäudes ein und tut sich dort hervor, sobald ein Regionalblatt darüber berichten will; auch sabbert er Winzerköniginnen und Bonbon-Missen ab, hört sich mit ernster Miene die Sorgen der Bevölkerung an, die zu lösen er weder willens noch in der Lage ist, er schüttelt täglich gerne jede Hand, die sich ihm entgegenstreckt und zapft in seinem Berufsalltag mehr Bierfässer an, als so mancher Gastwirt. Vom Großteil der andächtigen Bevölkerung wird er aufgrund seines

breiten Wirkungskreises als Landesvater aner-
kannt, was wiederum zur Folge hat, dass es der
Genannte eifrigst mit Zwischenrufen und Dro-
hungen versucht, sich bei der Bundesregierung
Gehör und Respekt zu verschaffen. Sein ganzer
Einfluss besteht innerhalb seiner jeweiligen
Partei, in der er als Prominenz gilt und wo er
daher ungehindert Intrigen knüpfen darf.

Kumpanien hat viele Jahrhunderte lang über eine
Reihe von Nachbarstaaten geherrscht, wobei es
keinen ersichtlichen Grund gab, warum gerade
dieses Land zum Herrschen berufen sei, weder
von seiner besonderen Wirtschaftsleistung her,
noch wegen seiner militaristischen Fähigkeiten.
Nein, Kumpanien hat über seine Nachbarn seit je
mittels der feinstgesponnenen Intrige geherrscht.

Die Feigheit ist eine der bestimmenden Antriebs-
kräfte in dem schönen Land Kumpanien. Wer feig
ist, bleibt dort freundlich, wo es ihm schon längst
nicht mehr angebracht erscheint. Der Feige
versteht es zunächst einmal, sich selbst zu ver-
leugnen, damit wird sein Verhalten unbestimmt.
Wenn er schließlich gegen jemanden vorgeht,
dann geschieht dies aus seiner Feigheit, wenn er
nämlich erkannt hat, dass der andere in diesem
Augenblick keine Möglichkeit hat, sich zu weh-
ren. Die aufgestauten Gefühle lassen ihn nun
maßlos in seiner Grausamkeit werden.
Ein Feiger geht nur auf Dich los, wenn Du wehr-
los bist; ansonsten ist er aber immer freundlich
zu Dir. Das macht das Leben in Kumpanien so
angenehm.

Das Bildungssystem war im 20. Jahrhundert mehrmals bankrott: Die anfängliche Orientierungslosigkeit nach der Auflösung der Monarchie wich schnell einem freudigen Pflichterfüllen im undemokratisch-katholischen Ständestaat und einer übergangslos anwachsenden Begeisterung für nationalsozialistische Ideen. In der wiederbegründeten Republik stellte sich heraus, dass keine Lehrerpersönlichkeit diese weltanschauliche Schleuderfahrt ohne größeren Schaden überstanden hatte. Diejenigen, die sich nicht dermaßen exponiert hatten, dass sie gesellschaftlich vollkommen untragbar geworden waren, bewegten sich wie auf schmelzenden Eisschollen mit autoritären Restzügen durch die 50er und 60er Jahre ihrer Pensionierung entgegen. Der Verfasser hat unter ganz ähnlichen Menschen wie diesen überaus gelitten.

Kumpaniens demokratische Gründer-Parteien wurden in nur wenigen Jahren der demokratischen Herrschaft ein Beispiel ihrer vollkommenen Sinnentleerung:
Die ehemaligen Sozialisten sind zu einer bloßen Neidhammel- und Privilegienverteidigerpartei sowie durch viele Jahre zu einem Kanzlerwählverein verkommen. Irgendwann in ihrer Geschichte muss es ein Missverständnis im Parteiprogramm gegeben haben: Statt *für* die Benachteiligten einzutreten, entsandte man mehrheitlich in ihrer *Eitelkeit Benachteiligte* als Vertreter in die Gremien.
Hatten Sozialisten in den Anfängen ihr Privatvermögen in die Partei eingebracht, so besteht für die Sozialisten der späteren Republik die Parteikarriere darin, sich selbst zu bereichern

und sie fungieren somit als Erbschleicher einer ehemals großen Idee.

Nur so konnte es geschehen, dass einige Jahrzehnte sozialistischer Regierung vollkommen spurlos an diesem Lande vorübergegangen sind, ja dass gerade in dieser Zeit der Beginn einer weitgehenden Entsozialisierung stattgefunden hat, wobei gleichzeitig die Einkünfte aus totem Kapital, wie Anlagen oder Spareinlagen stärker gestiegen waren, als die Einkünfte aus der täglich geleisteten Arbeit. Einen vollständigeren Verrat an den eigenen Prinzipien wie diesen kann es nicht geben und wenn man die Partei mit einem Lebewesen vergliche, müsste man sagen, es läge in tiefster Agonie und ein Aufkommen wäre höchst unwahrscheinlich.

Die kumpanisch-konservative Partei ist zu einem Auffangbecken niedergehender Berufsgruppen wie der Gewerbetreibenden, der Bauern oder der Beamten geworden, wobei das einzige Ziel der beiden letztgenannten ist, ihre Subventionen und Privilegien möglichst lange zu erhalten und zugleich vor der Öffentlichkeit zu verbergen. In Wirklichkeit ist diese Partei eine Beschimpfung, eine Verhöhnung aller derer, die das tatsächliche Volk sind, denn sie wird einzig am Leben erhalten durch Zuwendungen in der Höhe von vielen Millionen aus der Industrie und dem Großgewerbe, für die letztendlich die Politik gemacht wird; sie ist damit nichts anderes als ein Funktionärs- und Machterhaltungsverein, ein chronisch kranker schwarzer Mann am Infusionstropf der großen heimischen Kapitalinteressen.

Ganz offensichtlich sind somit zwei Drittel der
Wähler dieser Partei *dumm oder unwissend,* weil
sie in Wahrheit gegen ihre ureigensten Interessen
wählen: Es sind dies die kleinen Angestellten und
die in den untersten Rängen eingestuften Beamten, es sind die Bergbauern, die Arbeiter, die
Kleingewerbetreibenden und deren Pensionisten.

Das vordergründige Staatsziel der kumpanischen
Lobbies ist erklärtermaßen der Erhalt und der
Ausbau von dem, was man glaubt, als Vorteil zu
besitzen. Darin treffen sich die Sozialisten, die
Konservativen und auch die Rechten; der Unterschied liegt alleine im Klientel, das sie bedienen.
Die Begriffe von Gerechtigkeit und Angemessen-
heit –auch wenn sie manchmal in den Mund
genommen werden- zählen nicht. Vielmehr werden Berufs- und Interessensgruppen gegeneinan-
der ausgespielt, hier die Eisenbahner, dort die
Bauern, da die Industriearbeiter, dort die Gewerbetreibenden. (Und über allem geruhen die
Beamten, ihre Aktenvermerke abzufassen.)

Kumpaniens Gesellschaftswesen funktioniert seit
vielen Jahren in der Tat so: Der Kleinste wird am
meisten beschissen und wenn er zuletzt doch
noch dahinter kommen sollte, dann war es *leider*
schon zu spät.

Wenn der Staat aus Steuereinnahmen, sagen wir
100.000 Sesterzen einnimmt, so verbrauchen die
kumpanischen Beamten und insbesondere ihr
Graubereich glatt 90.000 Sesterzen für sich und
ihre Kanäle.
Die verbleibenden 10.000 Sesterzen vergeben sie
als Auftrag an eine Firma. Die eigentliche Arbeit

verrichten dann drei eingewanderte Abkömmlinge ferner Bergstämme um 1000 Sesterzen. Die Differenz teilen sich Finanz, Krankenkasse, Pensionsversicherung, Firmenchef und vielleicht noch eine beamtete Bauüberwachung.

In Kumpanien erzählt man den Kindern, dass die Arbeit adelt. Wir wissen aus unserer praktischen Lebenserfahrung, dass nur derjenige, der andere für sich arbeiten lässt, zu einem Vermögen kommt. In Kumpanien sind daher viele Generationen nichts als Geadelte von ihrer eigenen Arbeitswut. Damit verbleibt der Großteil des Landes den Besitzenden.
Der Wohlstand des Landes aus neuerer Zeit rührt zuallererst von der Bereitschaft eines großen Teiles der Bevölkerung her, sich selbst auszubeuten. Dies ist die einzige Entfaltungsmöglichkeit einer chronisch unterdrückten Bevölkerung. Auf die Lage des Landes bezogen, ergeben sich einige Besonderheiten:
Als Folge der Modeerscheinung der romantischen Naturbetrachtung wurden alle jene Hochtäler des Landes aufgewertet, in denen bisher die An-den-Rand-Gedrängten ihr kümmerliches Dasein fristen mussten.
Die Männer –zumeist in handwerklich tätigen Berufen und während des Wochenendes als Nebenerwerbsbauer tätig- erwirtschafteten ihren Teil und bauten für die ankommenden Reisenden gemeinschaftlich ihre Häuser aus. Die Frauen versorgten Haushalt, Wirtschaft, Kinder und Urlaubende.
Letzterer soll sich erholen, also tut er recht, wenn er frühmorgens um 5 Uhr aufsteht, um den Tag für einen Ausflug zu nutzen, oder im Halbschlaf

dahindöst und bis 10 Uhr mit dem Frühstück
wartet. Er darf zu jeder Tageszeit in die Küche
eindringen und in die Töpfe schauen. Er darf den
Hausherrn von seinem Zweit- und Drittberuf
abhalten, indem er ihm stundenlang von der
eigenen Herkunft erzählt und politische Rat-
schläge erteilt. Seine Kinder dürfen sich
währenddessen ungestraft über die Spielsachen
der Gastgeber hermachen. Ein Urlauber darf
einfach alles. Am Abend bestimmt er auch noch
das Fernsehprogramm.
Die Gastgeber mussten sich für diese Zeitspanne
in Selbstverleugnung allerhöchster Vollendung
üben. In welchem Lande könnte man dies besser,
als im obrigkeitlich orientierten, im hinterhältigen
Kumpanien, wo ein Junger bereits durch allgemeinen Druck zur Selbstverleugnung gezwun-
gen wird? Wo die Frauen erst im Selbstverzicht
gegenüber Mann/Kinder/Beruf ihre Erfüllung zu
finden haben? Die Grundlage des breit gestreuten
kleinen Reichtums in den Alpentälern ist das
Ergebnis der Selbstausbeutung des privatesten,
das man als Mensch teils erworben, teils ge-
schenkt erhalten hat: der eigenen Familie.

Auch in den übrigen Teilen des Landes, wo es
keine Urlauber hinverschlägt, ist die Haltung zur
Arbeit erstaunlich. Denn mit redlicher Hand-
werksarbeit ist der Traum vom kumpanischen
Familienleben mit ein, zwei Kindern und dem
dazugehörigen Häuschen nie und nimmer zu
verwirklichen, dazu sind die Abzüge und Steuern
schon bei den niederen Einkommen zu hoch.
Doch anstelle die Fäuste zu ballen oder zumindest nachhaltig den zustehenden Anteil einzu-
fordern, reagiert der ländliche Handwerker, wie

weiland das Arbeitsross in George Orwell´s
Republik der Tiere: Er nimmt sich vor, am nächsten Tage noch härter zu arbeiten. Ja, man kann
sagen, dass man für den ehrlichsten Arbeiter im
ganzen Lande denjenigen hält, der sich selbst am
rücksichtslosesten ausbeutet, indem er in verschiedenen Nebenberufen dazuverdient.
Das erträumte Eigenheim muss danach in Eigenleistung gebaut und das dazu notwendige Bargeld
nebenbei aufgebracht werden.

Kein Wunder, dass nach fünfunddreißig Jahren
Beruf und zusätzlicher Selbstausbeutung unter
körperlicher Doppelt- und Dreifachbelastung viele
Männer frühzeitig abgearbeitet und gesundheitlich angeschlagen sind. So verfährt das Schicksal
mit denen, die sich zu den Gutmütigen und Redlichen in Kumpanien zählen, die an ihren Familien hängen und im Herzensgrunde eher friedvolle
Leute sind.
Alle gewerkschaftlichen Errungenschaften sind
aber durch dieses Verhalten zunichte gemacht
oder zumindest fragwürdig worden.

Wer kumpanische Eltern über die eigenen Kinder
reden hört, begegnet des öfteren einem Satz, wie
diesem: „Unser Älterer, der ist schon versorgt.“
Wir erfahren, dass der junge Kumpanier nicht auf
der Welt ist, um entsprechend seinen Talenten
und Fähigkeiten Neues einzubringen, nein, bei
der Berufswahl steht vordergründig das Ziel der
Selbst-Absicherung, der eigenen Versorgung.
Und der Beruf wird in erster Linie als Pfrund aufgefasst, der einem übertragen wurde.
Nirgendwo als in Kumpanien sind die Gehaltsbezüge ein größeres Tabu: Denn wo der Beruf als

Pfrund angesehen wird und nicht als gerechtes
Entgelt für eine bestimmte Leistung, dort spricht
man über diese Art der persönlichen Bereiche-
rung nicht gerne.

Für den Kumpanier ist es eine Selbstverständ-
lichkeit, dass für gleiche Arbeit *kein* gleicher Lohn
bezahlt wird. Da mögen zwei nebeneinander
gleiche Arbeit tun; mit gleicher Honorierung hat
dies noch lange nichts gemein, wenn einer davon
im geschützten Bereich angestellt ist. Das wissen
alle und keiner wagt es seit Jahrzehnten auch
nur ein lautes Wort dagegen zu erheben.
Der Kumpanier hat gelernt, den Begriff der *Unge-
rechtigkeit*, die es in seinem Lande vielerorts gibt,
insoferne umzudeuten, als er ihn hinnimmt, wie
ein Naturereignis, wie ein Erdbeben, eine Über-
schwemmung oder auch ein anderes Übel, das
vielleicht von einem höheren Wesen auf diese
Erde geschickt wurde.

Seltsam verhält es sich beim Bezug einer Leistung, sei es aus Arbeitslosigkeit, oder bei Not-
standshilfe, sei es ein Krankenstand, ein Kurauf-
enthalt und ähnliches: In neun von zehn Fällen
wird ein Kumpanier dem anderen erzählen, wie
schlau er war, sich diesen oder jenen Vorteil auf
Kosten der Allgemeinheit zu verschaffen. Doch
sind die kumpanischen Kriterien für die Zuerken-
nung von Sozialleistungen relativ streng und
objektiv. Vermutlich will der sozial Bedachte bloß
deshalb am Wirtshaustisch behaupten, den Staat
beschissen zu haben, um selbst als schneidiger
Bursche dazustehen, als einer der Kleinen, der es
wieder einmal den Großen gezeigt hat.

Die eigenen Schwäche einzubekennen, nämlich
dass man die Unterstützung tatsächlich bitter –
und sei es nur vorübergehend- benötigt hat, ist
nach der kumpanischen Denkensweise unerträglich. Bekanntlich leidet ein Kumpanier schon
im Normalzustand unter seinem katastrophalen
Mangel an Selbstwertgefühl.

Der Bezug einer Rente ist in Kumpanien mit viel
Irrationalem behaftet, wie in kaum einem anderen zivilisierten Land. Grundsätzlich geht man
hierzulande davon aus, dass die Berentung eines
Menschen dem paradiesischen Zustande ziemlich
nahe kommen müsse, in dem bis zum seinem
Exitus ständig Milch und Honig zu fließen hätten.
Der Kumpanier, der einerseits durchaus in der
Lage wäre, die Zinsen auf seinem Sparbuch
nachzurechnen, ist aber bei der Pensionsbe-
rechung nicht imstande, rational nachzuvollzie-
hen, wie viel Geld er selbst im Laufe seines
Lebens einbezahlt hat und von wo der restliche
Betrag herkommen muss.

Insbesondere im obrigkeitlich orientierten Kumpanien zählt es zum guten Ton, sich abfällig über
Beamte zu äußern, während man ihnen insgeheim ihre Privilegien neidet. Streng betrachtet ist
die Zahl der Beamten im internationalen Ver-
gleich zwar überhöht, doch keineswegs so über-
mäßig, wie man tut.
Kumpanische Schlitzohrigkeit: Im ganzen Lande
existiert ein riesenhafter Graubereich an halb-
staatlichen oder staatsnahen Einrichtungen und
Rechtskonstruktionen, wie Wohnbaugenossen-
schaften, Energieversorgern, Fluglinien, Institu-
ten oder Medienunternehmungen. Dort können

die Kinder der bestimmenden Gesellschafts-
schicht unauffällig `untergebracht´ werden, ohne
dass sie dem Ungemach ausgesetzt sind, unter
ernsthafter Konkurrenz wirtschaften und arbeiten zu müssen. Gleichzeitig werden dort Gehaltsbezüge bezahlt wie in der Privatwirtschaft und
dazu Pensionsregelungen vereinbart, die weit vor-
teilhafter als jene der Beamten sind. Man sehe
sich die Gehaltslisten dieser Konstrukte nur genau an; es wimmelt dort von bekannten Namen.
Der kumpanische Rundfunk wettert über die Beamten, seitens der Kammern ertönt der laute Ruf
nach einem schlanken Staat, die Wirtschafts-
institute und sonstige Fachleute argumentieren
strengste Sparmassnahmen herbei, hehre Uni-
versitätsprofessoren äußern sich nachhaltig
gegen die Vergeudung von Staatsgeldern. Allen ist
eines gemeinsam: Sie zeigen auf den hässlichen
Beamten, den Verhinderer mit den Ärmelscho-
nern, den es in Wirklichkeit ohnehin fast nicht
mehr gibt. Die zitierten Leute arbeiten nämlich
selbst alle im geschützten Bereich des Staates
und verdienen das Vielfache des sogenannten
kleinen Beamten. Wir haben vielmehr ihre Zurufe
als ein ängstliches „Haltet den Dieb...!" zu
deuten.
Entsprechend verlogen sind die politischen
Maßnahmen, die in Wahrheit reine Gaunereien
sind: Weggenommen, *relativ* wie *absolut* wird
immer nur den Ärmsten.

Den beamteten Filz gibt es jedoch auch in der
Tat. Eine Entscheidung in diesem ausgeklügelten
System der kumpanischen Landes- oder Bundes-
verwaltung wird niemals von der Einzelperson
getragen, sondern nach genauester Prüfung auf

alle möglichen vergleichbare Fälle durchwandert
der Akt etliche Abteilungen, deren Leiter allesamt mit ihrer Unterschrift die Zustimmung zu
bestätigen haben. Niemals trifft einer die Entscheidung, sondern eine Vielzahl von Entschei-
dungsträgern. Dementsprechend teilt sich die
Verantwortung bei einem Misslingen auf: Es gibt
nie einen einzigen Schuldigen, sondern immer
eine Vielzahl an Beteiligten, die jeder für sich
einen einzigen Aspekt zu verantworten meinen.
Durch die vielfach aufgeteilte Verantwortung geht
jeder Vorwurf ins Leere.

Ein nicht unerheblicher Teil des kumpanischen
Volksvermögen wird verschleudert, indem es über
Steuereinnahmen in die Wohnbauförderung ge-
schleust wird und dort von einer Allianz aus
staatsnahen Unternehmungen, in Banken und
Genossenschaften unter vielfachen Interventionen von den Bundes- und Landespolitikern
schlicht verwirtschaftet wird: Die Zuteilung der
Gelder an die Firmen erfolgt nach dem Proporz,
womit veraltetes Gerät, überholte Technik, eine
zu hohe Beschäftigtenzahl und nicht zuletzt
überflüssige Standards erhalten werden. Überall,
bei den Banken, den Funktionären und den
Firmen bleibt ein bisschen etwas hängen, und
zuletzt haben die Wohnungen einfach nicht die
Qualität, die sie kosten. Aber das wird bis zum
heutigen Tag erfolgreich durch enorm gestützte
Kredite kaschiert.

Jahrzehntelang störte sich niemand daran, dass
an den schönsten Plätzen Kumpaniens mit
Steuergeldern Wohnungen errichtet werden, zu
denen es auf direktem Wege keinen Zugang gab.

Erdreistete man sich danach zu fragen, wurden diese Wohnungen schon lange vorher `vergeben´. Noch in den 90er Jahren war es möglich, dass bei einem Bauvorhaben mit 400 Wohnungen, die allesamt aus Steuermitteln gefördert wurden, also für jedermann da waren, nach völlig undurchsichtigen Kriterien hergegeben wurde, indem die 50 schönsten (nämlich die Dachgeschoss- und Terrassenwohnungen) für den Normalsterblichen von vorne herein gar nicht mehr zur Disposition standen.

Es macht schon nachdenklich, dass der durchschnittliche Kumpanier im Jähzorn bereit ist, sein eigenes Land der vollständigen Korruption zu verdächtigen, in einer Form, wie sie tatsächlich nirgendwo bestehen könnte.

Die Ablehnung, die einem in diesem Lande bisweilen entgegenschlägt, ist von solcher Grundsätzlichkeit, dass sie sich auf jedwede Lebensäußerungen bezieht, letztlich auf alles, was man tut oder tun könnte oder bereits unterlassen hat. Diese Ablehnung ist radikal bis zu ihrer Pervertierung: Zum Schluss neidet man jemanden seine Unfähigkeit oder sein Unglücklichsein. Zuallerletzt wäre es nicht einmal mit der vollständigen Atomisierung des Betroffenen getan, denn auch diese wäre noch störend.

In kumpanischen Landen wird mangels Selbstwertgefühl alles persönlich abgehandelt. Es gibt keine Niederlage, die sportlich gesehen wird, wobei der Unterlegene erklärtermaßen eine neue, faire Chance erhalten kann. Hierzulande haftet der Niederlage der Makel der Endgültigkeit an, wie sie nur mit der Vernichtung oder der völligen

Entwertung der betroffenen Person einhergeht.
Es gibt in diesem Lande so wenig Wettbewerb,
weil er aus nackter Angst vermieden wird.
Diese Angst, Fehler zu begehen, behindert in wie-
ten Bereichen die Entwicklung des Landes. Ob in
Büros, Betrieben, Industrien, auch an Orten, wo
der Staatseinfluss weniger eminent ist, geht man
lieber auf Nummer Sicher. Deshalb kommen aus
diesem Lande wenige technischen Innovationen;
der Kumpanier spielt lieber die Rolle des Ober-
kellners, der um seine Urlaubsgäste herumschar-
wenzelt; eine zeitgemäße Form des Wurstels.

In kumpanischen Ländereien ist die Schulbildung
trotz vieler Mängel auf erstaunlich hohem Niveau.
Nichtsdestoweniger wird aus Tradition weniger
alles, was die junge Einzelperson so kostbar und
unvergleichbar macht, gefördert und gewertet,
sondern vielmehr die biedere, möglichst wort-
getreue Wiederholung von Verkündetem.

Weite Teile des Landes sind nach wie vor von
einer unbestimmten Angst bestimmt. Angst hat
zum Beispiel ein Lehrer vor seinem Gewerk-
schafter, vor seinem Direktor, vor seinem
Schulinspektor, vor einflussreichen Eltern und
nicht zuletzt vor sich selbst. Kein Wunder, wenn
die Entwicklung der Kinder und Jugendlichen
unter diesen Bedingungen zum devoten, an-
gepassten Verhalten und nicht zur Erneuerung
hin gefördert wird.

Revolutionäre von gestern und vorgestern gebär-
den sich in diesem Land nach wenigen Jahren
ebenso, wenn nicht übler, als die Autoritäten, die
sie einstmals zu bekämpfen vorgegeben hatten.

Nur in diesem Lande ist es möglich, dass ein radikaler Künstler, der zeitweise einem Staatsfeind gleichgestellt wurde, vermittels eines lächerlichen Professorentitels zum autoritären Bremser mutiert.

Kumpanien ist das einzige Land, in dem die Revolution stets nach rückwärts gewandt und daher in der Tat zu fürchten ist. Die wenigen wirklich Unangepassten werden bis zur Unkenntlichkeit umarmt oder absichtsvoll bis zur vollkommenen Sinnentleerung missinterpretiert. Es ist auch das einzige Land, in dem man als höchste Stufe der Grausamkeit von der Menge der Dummdreisten unversehens *zu Tode gelobt* werden kann.

Wenn einer in diesem Lande mit einer Sache Erfolg gehabt hat, dann ist die Zuneigung des Publikums ungeheuerlich groß und nachhaltig. Da mag sich der Betroffene noch so sehr abmühen, der *eine, ganz bestimmte* Erfolg wird ihm sein Leben lang nachgetragen und vorgehalten. Denn das Publikum ist höchst konservativ und hat man es einmal überrascht oder überlistet, gestattet es solches kein zweites Mal; es rächt sich, indem es den Darsteller lebenslänglich auf diesen einen Erfolg festlegt und damit jeden weiteren schon im Ansatz zu verhindern trachtet. Die andere Möglichkeit der geistigen Abtötung erfolgt mit der offiziösen Erhebung zum Klassiker. Mit diesem Begriff findet eine Stigmatisierung sondergleichen statt: Es wird einfach keine Auseinandersetzung mit der Person zugelassen, sondern es wird nur noch akzeptiert, da kann sich einer abmühen, wie er will. Das macht den Betroffenen –zumeist einen Widerspruchsgeist- nach kurzer Zeit rasend oder gar verrückt.

Für den beruflichen Erfolg sind die geistigen oder charakterlichen Leistungen von zweitrangiger Bedeutung. Zweckmäßigerweise verwendet ein junger, aufstrebender Kumpanier seinen Ehrgeiz auf Vereinigungen, die den politischen Parteien nahe stehen.

In Studentenverbindungen wird von Jugend an die Geselligkeit mit Alkoholkonsum verknüpft. Man trinkt dasselbe, singt die selben Lieder, besucht gemeinsam die Kirche, klopft einander auf die Schulter und geht wieder auseinander. Nicht ohne Grund waren ganze Generationen von höchsten Regierungsmitgliedern Angehörige von ebensolchen Verbindungen, denn wer in diesem Klima an durchfeuchteter Geistlosigkeit gedeiht, ist für alle weiteren Aufgaben und Erfordernisse im Regelfall recht gut vorbereitet. In den Abgeordnetenhäusern erwarten ihn nämlich ganz ähnliche Zustände.

In den Verbindungen, die rechtsaußen angesiedelt sind, geht man weniger oft gemeinsam in die Kirche; die Säbeln, mit denen man herumfuchtelt, sind weniger stumpf und die Lieder ein wenig radikaler. Wenn wir auch manchmal beschwören könnten, ein paar Nazimelodien herausgehört zu haben, dann wird man uns heftig versichern, wir hätten uns getäuscht und seien unser eigenes Opfer an NS-Paranoia. Der Alkoholkonsum ist in etwa gleich hoch wie bei den christlichkonservativen und endet bisweilen mit verbalem Rabaukentum.

In den Vorfeldorganisationen der linken Reichshälfte hat der Alkohol nicht diesen vordergründigen Stellenwert. Hier wird von vorneherein gleich auf politische Diskussions- und Streitkultur Wert gelegt, mit den daraus folgenden Intrigen, bei denen die Giftpfeile so kunstvoll abgeschossen werden, dass selbst ein Billardweltmeister sich für sein Bandenspiel die eine oder andere Anregung holen könnte. Alkohol ist erst in zweiter Linie das Mittel, beim halb offiziellen Beisammensein die erforderlichen Allianzen zusammen zu kleistern.

Fehlbesetzungen in hohen politischen Positionen sind eher die Regel als die Ausnahme. Eine Vielzahl von Sekretären, Sachbearbeitern, Sprechern und Beratern arbeitet von früh bis spät, damit der Unfähige möglichst keine Gelegenheit findet, sich durch die Äußerung von eigenem Gedankengut bloßzustellen bzw. zu verraten. Kein Mensch aus seinem näheren oder weiteren Umfeld würde es aus Angst wagen, dieses offen auszusprechen; lieber dient man sich dem Unfähigen an oder hofft sogar auf die Gelegenheit etwas zum eigenen Vorteil durchzusetzen. Somit sitzen jahrelang die vollkommen falschen Leute auf Positionen, mit denn sie nichts anfangen können. Der Landsmann nimmt diesen Umstand mit einer Gottergebenheit hin, die an Fatalismus grenzt. Er anerkennt das Amt bedingungslos und mit ihm zugleich auch den Amtsträger. So gibt es in kumpanischen Meinungsumfragen den sogenannten Ministerbonus, welcher besagt, dass der im Amt befindliche a priori respektiert wird, was zu seinen Leistungen in vollkommenem Widerspruch stehen mag. Drastisch gesagt: Unser kumpanischer Landsmann würde sich vom blödesten Ministergruß in jedem Fall aufs höchste geschmeichelt fühlen.

Auch alle sonstigen einflussreichen Positionen im halb-staatlichen Graubereich sind dem Parteienzugriff in einer Schamlosigkeit ausgesetzt, die ihresgleichen sucht. Insbesondere die konservative Seite hat in den Jahren ihres Wählerschwundes noch rücksichtsloser ihr genehme Personen in alle verfügbaren Führungspositionen der staatsnahen Wirtschaft gehievt, wo Nepotismus und Günstlingswirtschaft in einer Verästelung herrschen, die ihresgleichen auf der Welt sucht.

So ist es heute *undenkbar,* dass ein wirklich unabhängiger Spitzenfachmann in einem staatsnahen Konstrukt eine Führungsposition innehat. Journalisten, die selbst gar nicht anders denken können, werden so lange nach Indizien in seinem beruflichen und privaten Umgang suchen, bis man ihn einem der großen politischen Machtblöcke zurechnen und damit einordnen kann.

Bei Gesellschaften, die neuerdings nach Jahrzehnten der Misswirtschaft aus dem Staatsbudget ausgegliedert und in die Unabhängigkeit entlassen werden sollten, wird in der Regel noch rasch ein politisch ergebener Vorstand installiert, womit die Personalpolitik in der Förderung von Günstlingen für viele weitere Jahre festgeschrieben wird.

Das Land hat sich nach dem katastrophalen Versagen seiner Bevölkerung und seiner Politiker in der ersten Hälfte des vergangenen Jahrhunderts immer stärker zu jener Form des Konservativismus hinentwickelt, die aus dem Bewahren und Fortschreiben von Vorteilen für bestimmte Gruppen und Grüppchen seiner Bevölkerung

besteht. Nichts anderes ist ja der Zweck der
großen Parteien. In späteren Zeiten wird man
feststellen, dass hier der Großversuch gemacht
wurde, eine neue Kaste von politischen Günstlingen gleichsam in einen niederen Lehensstand
zu erheben, indem sie als politisch Wohlge-
sonnene oder Stummgekaufte dafür mit gesicher-
ten Existenzen belohnt wurden.

Kumpanien ist vermutlich das Ursprungsland
jenes Verhaltens, welches man neuerdings welt-
weit mit Mobbing beschreibt. Unbestimmte Dro-
hungen, wie „Sie werden hier nicht alt werden.“,
Feixen, „Sie sind mir aber ein Stürmer“ „Die
maßgeblichen Leute stehen hinter mir.“ „Die
Sache sind bereits abgesprochen.“ zählen zum
geschäftlichen Umgangston und werden selbst
von Kommentatoren und Kritikern als „Teil des
glatten inländischen Parketts“ bezeichnet.

Der Kumpanier ist einerseits ein hemmungsloser
Schweinefleischverbraucher und andrerseits dem
Alkohol im Übermaße zugetan.
Kumpaniens Schweine sind besonders fettreich
und dösen mit Medikamenten vollgepumpt in
klimatisierten Ställen dicht aneinandergedrängt
ihrem Ende entgegen. Die Zubereitung der
Schweinespeisen erfolgt so, damit von dem vor-
handenen Fett möglichst wenig verloren gehe,
unter großzügiger Beigabe von Speisefetten und
Ölen, was bedeutet, dass solange gebraten wird,
bis sich um die mit gelbweißem Fett durch-
zogenen Fleischteile außen harte Schichten von
triefenden Krusten bilden. Allen Teilen des
Schweinefleisches, auch den weniger fettreichen,
wird Salz in solchem Übermaße beigemengt, dass

vom eigentlichen minderwertigen Geschmack fast nichts mehr übrigbleibt. Allenfalls wird das Fleisch von einer fettsaugenden Mischung aus Mehl, Ei und Semmelbrösel umgeben, in der es bei großer Hitze unter Zugabe von Geschmacksverbessern abgebraten wird.

Der Alkoholkonsum der Kumpanier beginnt für gewöhnlich in frühester Jugend. Während für die Älteren nach landesüblicher Meinung die selbstverschuldete Berauschung ein Milderungsgrund in bezug auf alle Fehlleistungen im Leben darstellt, entdeckt die Jugend sehr bald den Zustand der Trunkenheit als Ausgleich zu dem Klima der Unterdrückung, Unduldsamkeit und Gehässigkeit, das im gesamten Lande vorherrscht. Mit der Selbsteinflößung von riesigen Alkoholmengen lässt sich bekanntlich den widrigsten Umständen etwas wie Heiterkeit oder Wurstigkeit abgewinnen. Getrunken wird zu fetten Speisen üblicherweise bis knapp zu jenem Zustande, in dem das Erbrechen einsetzt und das Gedächtnis seinen Dienst aufgibt. In diesem Zusammenhang wird auch auf den kumpanischen Begriff des `Niedersaufens´ erinnert, welcher sowohl Selbstbetäubung meint, wie auch `jemanden in agressiver Form unter den Tisch trinken´.
Für diese Art der Selbstbetäubung haben Kumpaniens Potentaten allergrößtes Verständnis und deshalb Räumlichkeiten wie Anlässe oder Traditionen geschaffen, wo dieser Betätigung ungestört nachgegangen werden kann. Die Selbstberauschung wurde überdies durch einschlägiges Liedgut, durch Rituale, Feste und Feiern zu jeder Jahreszeit im Laufe von Jahrhunderten im allgemeinen Bewusstsein unausrottbar verfestigt. Alle

Schichten der Bevölkerung sind davon gleichermaßen betroffen, und man kann beim besten Willen nicht sagen, ob generell ein handwerklich Arbeitender, ein Intellektueller oder ein Prolet sich heftiger betäubt. Die Ausweglosigkeit der eigenen Lage ist vermutlich allen Dreien bewusst.

In der Geschichte Kumpaniens gibt es hundertfach Legenden, dass ohne Alkoholeinfluß weder eine politische Entscheidung noch eine berufliche Karriere möglich ist. Auch nicht innerhalb einer Partei noch in irgendeiner Koalition.
Der Alkoholkonsum spielt bei der Gestaltung der persönlichen Karriere eine wesentliche Rolle. Alkoholismus ist der ständige Begleiter, ja eine Konstante des kumpanischen Menschen.
Ein robuster Mensch vermag in seiner Erkrankung noch etwa 10 bis 30 Jahre zu leben und dabei einfache Aufgaben zu erfüllen, wobei er absolut keine Bedrohung mehr für das Staatsgefüge darstellt. Da die Misshandlung von Ehefrauen und Kindern in Kumpanien ein weit verbreiteter Volkssport ist, fällt der Alkoholkranke in den Statistiken auch aus diesen Gründen nicht sonderlich auf.

Eine Kombination aus mehreren dieser üblen Angewohnheiten ist der sogenannte Heurige, wo sich Menschen dem gleichzeitigen Fett- und Alkoholverzehr bei Musikbegleitung von sentimentalem Liedgut hingeben. Die Darbringungen werden in weinerlichem Ton vorgebracht, beinhalten vorwiegend Selbstmitleid und kleine Idyllen. An warmen Abenden halten sich jeweils bis zu 10% der Bevölkerung der kumpanischen

Hauptstadt gleichzeitig in solchen Unterständen auf.

Wem das nicht genug ist, der kann sich auf unzähligen Veranstaltungen vergnügen, in denen laute Blasmusik unter monotoner Rhythmusbegleitung mit leicht dümmlichen Texten abgespielt wird, wobei gleichzeitig aufs Heftigste gegessen und getrunken wird. Ein Unterhalter erzählt dazwischen schlüpfrige Witze insbesondere für das Publikum ab 45, das Erotik wegen seiner Mastbäuche nur mehr im Munde führen kann. Die Höhepunkte solcher Geselligkeiten werden Wochen danach von der kumpanischen Fernsehanstalt im Rahmen ihres Bildungsauftrages bis in den letzten Winkel des Landes ausgestrahlt.

Wir erleben die Kultivierung eines Menschenbildes im vorgeblich seligen Alkoholdusel, das Glas in der Hand, ein Lied auf den Lippen. Es ist der Augenblick der ersten fühlbaren Alkoholeinwirkung, in der eine gewisse Leichtigkeit, Beschwingtheit, Wurstigkeit sich mischt mit dem Bedürfnis, die ganze Welt zu umarmen, Freund und Feind nicht mehr zu unterscheiden, was allerdings auch bedeutet, die eigene Meinung aufgegeben zu haben. Ebendiese urplötzliche völlig kritiklose Haltung der Weltbetrachtung ist den meisten anderen Kulturen völlig fremd - sie bedürfen ihrer einfach nicht.
Bei aller Abscheu ist es letztlich logisch, wenn gerade der gutmütige Selbstausbeuter, wie wir ihn zuvor beschrieben wurde, nach dem ersten Schwindel der Alkoholeinwirkung ausnahmsweise nicht gegen sich selbst aggressiv wird, son-

dern allen Ernstes bereit ist, eine Rauferei anzuzetteln. Eben aus diesem Grunde wohnt auch der vielbeschworenen Gemütlichkeit die latente Bereitschaft zur Gewalt inne. Wenn nämlich der Verlust des Berufes droht, eine Scheidung ansteht, die Trennung von Kindern, verbunden mit finanziellem Verlust, dann kann die Gutmütigkeit in jähe Grausamkeit umschlagen; Küchenmesser bohren in Leiber, Kugeln aus Jagdbüchsen zerfetzen Arterien und Innereien, oder Frau und Kinder werden als vermeintlicher Familienbesitz der Einfachheit halber tot geprügelt. Es verhält sich in Wirklichkeit so: Jeder einzelne der kumpanischen konfliktscheuen Selbstausbeuter trägt –sobald er sich in Frage gestellt sieht- auch das Potential zum Amokläufer in sich.

Man findet oft im beruflichen Umfeld in Kumpanien eine Einladung zu einem *gemütlichen* Beisammensein vor. Dies ist so zu verstehen, dass für einen Abend lang Konflikte ausgeklammert bleiben, wobei innerhalb dieses Zeitraumes durchwegs Verbrüderungen stattfinden dürfen, die nächstentags keine weitere Bedeutung haben.
Die kumpanische Grausamkeit ist so allumfassend, dass das Leben eben nur durch diese spontane so genannte Gemütlichkeit erträglich ist; jener Augenblick, wo man von dem anderen auf das heftigste umarmt werden kann, dass man seine Ausdünstungen wahrnimmt, seinen Herzschlag spürt; von einer Person, die einem Feind war, es ist und es auch immer bleiben wird.
Dies hat zur Folge, dass selbst die erwiesenermaßen größten Feindschaften in jenem Lande unter dem Du-Wort stattfinden, dass beim Bei-

sammensein in gelöster Stimmung sich die Gegner beseligt in den Armen liegen können, sich über ihre Witze schier totlachen und sich dabei gegenseitig auf die Schenkel klopfen können. Zuletzt mögen die Feinde ineinander derart verwachsen sein, dass man sie nicht mehr zu unterscheiden oder gar zu trennen vermag. Die Begriffe Freund oder Feind haben ihre ursprüngliche Bedeutung verloren, sie sind aufgegangen in einem vergorenen Brei aus kumpanischer Widersprüchlichkeit.

Unter solchen klimatische Bedingungen hat selbst auch die Doppelbödigkeit ihr Bedeutung verloren; was von kumpanischer Lebensweise spürbar übrigbleibt, ist ein Destillat aus reinster Gehässigkeit, in welcher sich die Frage nach Recht oder Unrecht oder nach politischen Überzeugungen überhaupt nicht mehr stellt.

Die Fähigkeit, Hass zu empfinden, beinhaltet ebenso das Vermögen, auch sich selbst zu hassen und zu entwerten. So haben wir die Ablehnung von Fremden, Unbekannten zu verstehen. Das leichthin gezischelte „Der ist ein Jud´, das ist ein Türk´" bringt dem vom kumpanischen Ungeist Erfüllten die boshafte Freude, auf jemanden gestoßen zu sein, der vermutlich noch schwächer ist, als er selbst.

Wer als Kind geschlagen und belogen und betrogen wird, wem die unschuldigsten Lebensäußerungen einfach abgesprochen werden –und solche Menschen gibt es zuhauf- kann nicht gleichermaßen in die Länge und Breite gewachsen sein und dazu Toleranzen haben. Der Schutt an Kränkungen liegt überall meterhoch herum. Nicht einmal seinen Hass kann der

Kumpanier laut herausschreien, das wäre nämlich *unhöflich.* Hass kann sich in diesem Lande nur gemeinsam mit der Heimtücke ausleben.

Ein besonders schneller Autofahrer wird in kaum einem anderen Land so hoch geschätzt, wie in diesem. Mittels besonders schnellem Autofahren kann man es hierzulande sofort zu Vermögen, Ruhm und lebenslanger Beliebtheit bringen. Der erfolgreiche Rennfahrer erfährt eine gesellschaftliche Anerkennung, wie sie anderswo nicht einmal den Schauspielern oder Schlagersängern gewährt wird. Ein kluger Kopf hätte hierzulande gegen einen schnellen Lenkraddreher nie und nimmer eine Chance.
Selbstmorde wegen Autos finden häufig statt. Jemanden einen Kratzer an der Karosserie zuzufügen, ist ein mindestens ebenso übles Vergehen, wie der gewaltsame blutige Angriff auf die eigene Person.
Denn das Fahrzeug ist hierzulande nicht nur ein Fortbewegungsmittel, sondern es dient vor allem der Repräsentation sowie der Zurschaustellung der eigenen Macht.
Der Entzug des Führerscheines durch die Polizei ist die ärgste Demütigung, die dem kumpanischen Manne widerfahren kann. In Kumpanien begehen weitaus mehr Männer Selbstmord wegen eines Führerscheinentzuges als wegen einer unheilbaren Krebserkrankung, fortwährender Impotenz oder dem Verlust des geliebten Partners.

In jenem Lande lebt auch ein alter Mann, der das große Kunststück zuwege gebracht hat, eine Zeitung herzustellen, die geistig in jenem Bereich der Leibesmitte beheimatet ist, welche sich

zwischen Keimdrüsen und dem Teil des Darmes
befindet, in dem die Blähungen entstehen. Wir
nennen sie das kumpanische „KleineBilder-Blatt",
das in einzigartiger Weise alle Neurosen des Landes widerspiegelt, ja ihm sogar damit eine
gewisse Identität verleiht. Es ist ein Blatt, das
trotz aller Untersuchungen außer dem Zug hin
zum Kleinbürger keine andere Strategie verfolgt,
auch wenn man ihm noch so gerne eine hinzu-
dichten wollte. Die Wahrheit ist: Das Blättchen
folgt ausschließlich der Ideologie des Gekröses.
Und da jedermann einmal ordentlich verdauen
möchte und die Freude beim Ablassen Arm und
Reich vereint, ist die Monopolstellung dieses
Blättchens hinlänglich erklärt.
Zum eben beschriebenen veröffentlichten Ungeist
gesellt sich eine wirtschaftliche Besonderheit:
Gerade diejenigen, die sich mit der freien Marktwirtschaft brüsten, vergessen nur allzu gerne,
dass ihre Gründermillionen aus Politikerhänden
gekommen sind, dass das Blättchen von der politischen Richtung gefördert wurde, über die sie
sich heute lustig macht. Das KleineBilderBlatt
war von Anfang an selbst ein politisches
Protektionskind. Und erst nach mehreren
politisch eingefädelten Coups, wie dem ge-
schickten Einverleiben zweier Konkurrenzblätter
–und nicht wie in der selbstgestrickten Legende
behauptet, am freien Markt- war der Grundstein
zur Marktbeherrschung gelegt.
Gleichzeitig hat das Blatt durch die langjährige
Erstarrung und Korrumpierung aller politisch-
wirtschaftlichen Kräfte Kumpaniens eine Größe
erreichen können, die nicht nur Marktbeherrschung, sondern blanken Terror möglich gemacht
hat.

Nun sind das kumpanische Kleine-Bilder-Blatt und seine Gallionsfiguren bereits so alt geworden, dass man meinen könne, es sei die Postille der Untoten geworden, nämlich derer, die nicht einmal zur Hölle fahren können.
Der Untergang dieses Blattes in den nächsten Jahren ist unvermeidlich, er wird in einer solch üblen Weise erfolgen, die nur vergleichbar mit einem riesenhaften Kadaver ist, der in seiner eigenen Pestwolke verfault.

Früher musste man unter einer Raubritterclique leben, die die Kleider der Kaiser oder Könige übergezogen und sich in ihrer Dreistigkeit auch noch auf Gottes Gnade berufen hat. Heute lebt man unter einigen Herbeigerufenen, die man eilig als Minister angelobt hat und unter dem KleinenBilderBlatt. Wie sollte sich da das Selbstwertgefühl eines Kumpaniers verbessern?

Kumpanien ist an Talenten reich; vermutlich wird ein empfindsames Gemüt in dem Klima der inneren Widersprüchlichkeiten besonders hellhörig und schöpferisch. Für jedes zerstörte Talent –und auch derer gibt es gibt es nicht wenige– wachsen zwei, drei andere, vermutlich noch bessere, nach. Und auch für diese beginnt auch schon ein Ersatz heranzuwachsen.
Vielleicht liegt die Ursache dazu auch im Wissen, dass in Kumpanien längst wieder ein geschlossenes Gesellschaftssystem herrscht, in dem die einen arbeiten und die anderen ebendieses zu tun vorgeben. Während die einen sich nach dreißig Jahren den Rücken krumm gearbeitet haben, turnen sich die anderen geschmeidig über die Jahre hinweg.

Die Mittel zur Lösung waren nie das Problem Kumpaniens, sondern alle jene Menschen, die ebendieses zu verhindern suchten, weil sie sich ihrer Vorteile beraubt zu werden fürchteten. Geist und Einsicht wären zu jeder Zeit in Kumpaniens neuerer Geschichte ausreichend vorhanden gewesen, bloß hat man sie nicht zu Wort kommen lassen, sondern sie auf höchst unterschiedlichste Art und Weise unterdrückt.

Als Bewohner eines kleinen Landes, umgeben von vielen zumeist größeren Ländern ist der Kumpanier ein Gebogener. Er biegt sich vor der angeblichen Macht der großen Nachbarn, er biegt sich vor der Innenpolitik, am Arbeitsplatz und notfalls auch in der Familie. Kein Wunder, dass in einer Zeit der vermeintlichen Größe, der Kleinbürgerrevolution aus einer Vielzahl solcher Existenzen Hasser, Metzler und Mörder einer besonderen Qualität hervorgewachsen sind.

- - -

Die nähere Zukunft Kumpaniens hingegen wird glänzend und großartig sein. Die internationale industrielle Entwicklung, deren fragwürdigen Wert wir hier ausdrücklich nicht beurteilen wollen, hat es mit sich gebracht, dass die mehreren Nachbarländer ihre Industrieprodukte unbedingt an ihre Kunden ausliefern müssen. Weil es im Wege liegt, wird Kumpanien vielfältigen Nutzen daraus ziehen, es wird sich die Durchfahrten mit saftigen Preisen und sonstigen Zugeständnissen honorieren lassen.

Solange es Urlauberströme gibt, werden sie ihren Weg durch Kumpanien finden müssen, um ans südliche Meer zu gelangen und das Land wird bei jedem Durchreisenden unverschämt die Hand aufhalten.

Und die kumpanische Bevölkerung wird scheinheilig argumentieren: Man brauche ohnedies weder die Durchreisenden noch die vielen überflüssigen Industrieprodukte, das Land wolle viel lieber ursprünglich und sauber bleiben, alleine schon seiner eigenen Urlaubsgäste wegen.

Gleichzeitig wird eine Schar von billigen Arbeitssuchenden den Wohlstand des Landes neu beleben; nicht zu weit von zu Hause wird eine Vielzahl Menschen ihre Arbeitskraft hier lieber zu einem niedrigeren Preis als sonst irgendwo anbieten. Und die alteingesessenen Kumpanier werden neuerlich davon profitieren.

Der traditionellen Fremdenfeindlichkeit wird dies keinen Abbruch tun, ganz im Gegenteil, man wird den Dienern mit der kumpanisch-landeseigenen Logik vorwerfen, dass sie die Diener sind und die Diener zu bleiben haben.

Zusätzlich werden Stützpunkte für die Durchreisenden und Durchzutransportierenden eingerichtet werden müssen; von den Spediteuren und deren Mitarbeitern wird eine Menge Geld ins Land strömen und viele Grundbesitzer oder Vermieter reicher machen.

Die Legende der Abkunft von einer Raubritterhorde, die sich im Generationenkampf durch hinterlistige Heiratspolitik nachdrücklich zu etablieren vermocht hatte, war hierzulande niemals vergessen. Kumpaniens glückliche Zukunft und

Sicherheit wird sich im Wegelagerertum neuzeitlicher Prägung begründen.

Der sogenannte ´kleinen´ Kumpanier, den die Natur im Einklang zu seiner Erziehung mit einer Hausburschenseele in Vollendung ausgestattet hat, erhielt durch die äußeren Umstände seine ideale Rolle angepasst:
Hat sich Kumpanien in früheren Jahrhunderten noch am machtpolitischen Wesen mit Intrigantentum und Raffinesse zu messen und zuletzt in Aufgeblasenheit statt echter Größe zu wetteifern versucht, so hat es sich dieses –wohl die einzige Lehre aus der Nazizeit- ziemlich abgewöhnt. Dafür gibt es sich neuerdings trotzig und patzig, man gefällt sich selbst beim Bremsen, beim Blockieren, beim Im-Wege-Stehen einer aktuellen Entwicklung. Darin ist sich sogar der schwarzrotblaue Filz, von dem das ganze Land durchwachsen ist und der einem auf Schritt und Tritt begegnet, ausnahmsweise vollkommen einig.